# 영혼의 바람

보우 장편소설

**초판인쇄** | 2023년 10월 15일
**초판발행** | 2023년 10월 18일

**지 은 이** | 보 우
**펴 낸 이** | 배재경
**펴 낸 곳** | 도서출판 작가마을
**등 록** | 제 2002-000012호
**주 소** | 부산시 중구 대청로 141번길 15-1 대륙빌딩 301호
서울시 도봉구 도당로 82(방학1동, 방학사진관 3층)

T. 051)248-4145, 2598  F. 051)248-0723  E. seepoet@hanmail.net

ISBN 979-11-5606-237-0 3810   정가 14,000원

영혼의 바람

보 우
장편소설

도서출판
작가마을

詩作을 하는 사람으로 첫 소설집을 내어본다.
칠순을 바라보는 세월 앞에 주석 처에서 재미있는 이야기를
한번 써 보아야겠다고 늘 마음에 두고 있었다.
소설은 일단 재미가 있어야 독자들이 외면하지 않는다.
이 소설이 재미있는지는 오로지 독자의 몫으로 남겨두고 싶다.

우리들의 삶이 늘 그네처럼 삐걱거리는 소리 속에서 균형을
이루는 역사를 엮어 가고 있는 것이다.
무엇보다 소설 속 인물들을 통해 우리네 세상사 화합의 목소리를
이루고자 노력하였다.
모든 생물이 몸과 마음의 균형이 잡혀야 행동에 이르듯
현대의 세계사 물결도 正道의 바른 길이 열리는 희망을 걸어본다.

이 소설집이 나오기까지 수고로움 해 주신
재현들께 무한 감사함을 전하며,,,

불기 2567년 단풍의 계절 천마산 금당에서
退受 普友 두 손에

# 차례

저자의 말 __ 005

**1부 일본인 처녀 아야코**

무산 스님과 마을 통장님 __ 010
천덕수 우물가 __ 013
일본인 처녀 아야코 __ 019
옥녀봉에서 __ 021
인연의 만남 __ 024
아야코의 부모 __ 027
약속한 데이트 __ 030
학교 당직실에서 __ 033
마지막 데이트 __ 037

**2부 다시 만남과 실상**

다시 만남 __ 042
사촌 형 병수 __ 044
강제 징용된 병길 __ 047
새 출발과 익사 사고 __ 051
아야코 영혼의 고백 __ 052
실상實像 __ 056

**3부 환생**

환생한 아야코 __ 062
밀양에서 온 청년 __ 067
다시 이루어진 데이트 __ 071
병길의 집에서 __ 076
역사 수업 __ 084
집으로 가며 __ 089

**4부 무산 스님을 찾아뵙다**

무산 스님을 찾아뵙다 __ 096

아야코 부모와 만나다 __ 101

이모를 찾아서 __ 104

3학년 1반의 의리 __ 114

롯데호텔 VIP 룸 __ 118

밀양 부모님께로 __ 121

위령제 날을 잡다 __ 125

다시 밀양 집에서 __ 130


**5부 영혼 위령제**

병길을 사랑하는 고 선생 __ 140

변명과 보충수업 __ 149

열심히 한 아이들과 포상 __ 156

누나를 만나다 __ 163

학생 반장네 집 __ 170

수업 준비와 조퇴 __ 173

우연과 인연 사이 __ 178

아야코의 임신 __ 183

작은 참회 __ 189

영혼 위령제 __ 196


* 저자의 말과 시놉시스 __ 203

영혼의 바람

보우 장편소설

# 영혼의 바람

보 우

# 1부

## 일본인 처녀 아야코

무산 스님과 마을 통장님
천덕수 우물가
일본인 처녀 아야코
옥녀봉에서
인연의 만남
아야코의 부모
약속한 데이트
학교 당직실에서
마지막 데이트

## 무산 스님과 마을 통장님

　잔잔한 바람이 분다. 사람들의 사연을 들어주고 토닥이며 위로하듯이 불고 있다. 부산항 앞바다를 바라보는 옥녀봉에서 천마산에 이르는 산자락을 따라 거미줄처럼 늘어선 계단식 집단 주거 형태의 마을. 감천 문화마을 주산(뒷산) 수형산水刑山 아랫마을을 안듯이 담고 있는 절이 있다. 마을의 사연을 다 보고 있다는 듯이, 다 듣고 있다는 듯 법당 안은 그윽한 향 내음과 불경소리가 흐른다. 계절은 마지막 봄날인 곡우穀雨가 지나고 있다.

　무산 스님이 박명도 들지않은 이른 새벽에 일어나 새벽 종성과 예불을 드리고 있다. 대웅전 경내에 '반야심경'이 울려 퍼진다. 법력이 진중한 무산 스님은 재를 봉행할 때마다 도량에 영혼들이 바람처럼 몰려오는 것을 보는 법력이 높으신 분이다. 오늘따라 특별하게 다른 기운을 느낀다. 스님은 법당에서 나와 합장하고 마을을 바라보며 깊은 생각에 잠겨 잠시 걸으며 절 주변을 돌아보니 풀잎이 파릇파릇하다. 그런데 "깍! 깍!" 까마귀 울음소리가 유난스러워 요란한 날로 느끼며 스님은 혼잣말을 한다.

　"훠이, 저리 가거라! 또 누가 소천하셨나? 저 까마귀 저승사자인데."

그때 마침 스님을 찾아뵈러 마을 통장이 온다. 통장은 합장하며 인사 올린다.

"스님, 안녕하십니까?"

"그래요. 통장님 어서 오십시오! 잘 지내셨지요. 자, 우선 선방으로 가십시다."

스님을 찾아온 마을 통장은 경남 밀양 초동면 봉황리 광동 출생이다. 어릴 적 고향을 떠나 이 마을에서 성장하고, 마을을 위해 봉사하면서 머슴처럼 아니 터줏대감으로 통장직을 맡아 수고하시는 분이다. 벌써 환갑을 훨씬 넘긴 나이에도 여전히 마을을 위해 봉사하는 분으로 마을의 모든 사람들이 존경한다. 평소에도 이런저런 사소한 일이나 마을 대소사를 위해 일하며 스님을 자주 찾아 의논한다. 한마디로 이 마을 통장이나 동장은 마을을 잘 살피는 목민관이나 진배없이 사심없이 헌신하는 분들이다. 통장은 스님께 예를 갖춰 인사를 하고 앉으면서 말을 건넨다.

"스님, 까마귀 소리가 유난히 요란합니다."

스님이 새벽 예불 때 이상한 기운을 느낀 대로 범상찮은 말을 건네며 응대한다.

"마을에 어느 어른께서 소천하였나 보오. 그러나저러나 통장님, 마을에 흉흉한 소문이 무성하다고 들었습니다."

"네 스님. 안 그래도 그 문제로 의논을 드리러 왔습니다."

"그래요, 어려워 마시고 말씀하시지요."

"네, 그게 말씀입니다. 마을 아래 저기 옆 우물가에서 밤마다 물 긷는 소리가 나고 빨래하는 모습의 영혼이 자주 나타난다고 하는군요. 이 말이 무성하게 퍼지고 있습니다."

무산 스님은 잠시 눈을 감고 합장한 뒤 조용히 되뇌인다.

"나무 관세음보살!"

이어서 통장은 걱정스러운 표정으로 진지하게 말을 이어간다.

"마을 사람들이 무서워서 도저히 못 다니겠다고 아우성입니다. 이럴 때는 위령제를 지내야 하지 않느냐고 여론이 분분합니다. 이를 어쩌면 좋겠습니까? 스님!"

"그런 말이 돌아다닌 지가 오래되었나 보지요?"

"예. 오래전부터 그랬다고 합니다. 저 역시도 그런 경험이 있었습니다."

"아, 그렇군요. 소납이 한 번 알아보겠습니다."

통장이 가고 스님은 선방을 나선다. 마을과 산자락, 멀리 보이는 부산항 앞바다를 바라보며 깊은 생각에 잠겨있다.

## 천덕수 우물가

여기 감천 문화마을의 감천甘川은 옛 이름이 감내甘內 또는 감래甘來라고 불렸다. '물이 달고 맛이 있어 사람이 살기에 좋다'는 뜻으로 쓰였다고 한다. 그래서인지 일제 강점기 때부터 한국전쟁 당시에 이르기까지 힘겨운 삶터로 시작해 현재에 이르고 있다. 민족 근현대사 자취와 기록 그대로 아픔과 슬픔을 간직한 마을이라 하겠다. 마을 뒷산 수형산을 따라 군데군데 계곡이 많아 물길이 형성하였고 '천덕수'라는 우물 역시 마을 가운데 있는 계곡길에 위치해 소중한 삶터로 자리를 잡고 있다.

무산 스님은 점심 공양을 하고 통장이 말한 천덕수 우물가로 가는 길이다. 가는 길에는 많은 관광객이 붐비고 있다. 우물가에도 외국인들이 사진을 찍으며 그들만의 문화를 즐기고 있다. 그러거나 말거나 무산 스님은 그곳을 둘러보고 우물에 파릇파릇 물이끼가 돋아나 있는 것을 보았다. 스님은 잠시 사후 세계를 관망하려는 듯이 한쪽에 자리를 잡고 앉으신다. 우물가에서 좌선하며 깊은 생각과 명상에 잠겨있다. 냉기가 흐르는 우물을 타고 엄습하는 기운을 느끼면서 한 말쯤 하신다.

'음, 우물가에 음기가 있구나!'

"거기에 누구십니까?"

갑작스러운 스님의 큰소리에 외국인들이 자기들에게 이야기 하는 줄 알고 스님을 보며 어깨를 살짝 흔든다. 아마 '무슨 말이냐?' 하는 것 같다. 스님 주변에 외국 사람들이 있는데도 여자 영혼의 목소리가 들려왔다. 곧이어 산발한 머리칼을 한 일본인 처녀 영혼이 스님께 조심스레 인사하며 말을 한다.

"스님! 행여 밤에 다시 오시면 안 될까요? 지금은 낮이라 영증을 내기가…."

그러자 스님은 알아챘다는 듯이 말을 한다.

"아, 그래요. 미안하오. 내 그리하리다."

순간 바람이 일고 아무 일 없다는 듯 스님은 자리에서 일어나 절로 돌아가면서 여러 가지 생각에 깊이 잠겨있다.

그리고 며칠이 지나고 밤이 되자 스님은 통장님께 전화를 걸어 호출한다. 갑작스러운 소식에 통장은 바로 찾아오셨다.

"스님, 무슨 일 있으신지요? 밤에 호출하셨기에."

"네, 통장님! 어서 오십시오. 다름이 아니라 통장님도 아셔야 하겠기에 전화를 드렸습니다."

"일전에 저에게 말씀하신 것 말입니다. 요 며칠 동안 우물과 옥녀봉 무덤 군락지에 소납이 다녀왔습니다. 그래서인데 조금 있다가 자정에 우물가로 함께 가시지요? 통장님!"

통장은 잠시 머뭇거리다가

"소인이 알아도 될까요? 스님!"

"당연합니다. 어쩌면 앞으로 마을 협조도 구해야 하겠기에…."

"네, 스님! 그렇게 하겠습니다."

무산 스님은 이런 사실에 대해 마을 어른이기도 한 통장이 상황을 파악하고 같이 대비해야 한다는 것을 일러주려고 하는 것이었다.

"이번 일은 통장님이 아시고, 같이 준비해 주셔야 합니다. 스님인 제가 나서기가 좀 그러합니다."

그러자 통장은 무슨 뜻인지 알아들은 듯이 대답을 한다.

"네, 스님께서 그렇게 말씀하시니 당연히 준비하겠습니다."

그리고는 무산 스님은 과거 우리나라와 부산 일대, 이곳 감천 마을 등에 대한 역사적인 사실과 애환에 관한 대략적인 사실들을 풀어놓았다.

"통장님께서도 아시겠습니다만, 이곳 부산 일대 아니, 우리 나라 전 국토에는 과거 아픈 역사가 흘러 지금껏 이어지고 있습니다. 말씀드리자면, 1876년(고종 13년) 2월 27일 일명 '강화도 조약'이라는 것이 일본과 체결되면서 '부산포'라는 이름의 근대 무역항이 개항되었습니다.

부산항이 국제무대 등장과 더불어 1898년 조선총독부의 수탈목적으로 '부산 해관 부지 매축공사 및 확장공사'를 시초로 하여 1902년 지금 대창동 일대에 사만 일천여 평을 매축하여 정차장, 세관, 우편국 등이 설치되면서 항만 개발이 시작되었습니다.

그동안 이곳에서 일본으로 얼마나 많은 물품이 수탈당하였고, 또 강제징용과 정신대 위안부가 보내졌습니까. 2차 대전 내내 각 전선으로 우리의 젊은이들이 보내졌고, 일본은 말로 다 할 수 없는 고통을 우리 국민에게 안겨주었습니다. 그렇게

내팽개쳐진 잔인한 과거 역사가 해소되지 못하고 눈물겹도록 현재까지 깊은 상처로 고여있는 것입니다

오늘 이곳 감천동과 아미동 마을 등에 산재해 있는 일본인 공동묘지 위에 또 아픈 역사가 있었지요. 동족상잔의 6·25 한국전쟁으로 엄청난 피난민이 몰려오자 수용할 수 있는 곳이 없었습니다. 그야말로 물밀듯이 밀려오는 피난민들은 갈 곳이라곤 여기 일본인 무덤 위에 집을 짓고, 아니 짓는다기보다 그냥 바람막이로 얼기설기 지어 살았습니다.

그곳에서는 메이지 시대, 쇼와 시대, 기타 시대적 연호가 적힌 비석들이 각종 집 짓는 부속물로 쓰였습니다. '벽해상전碧海桑田'이라 하지 않을 수 없는 현실이었습니다. 그것이 오늘날에 와서 과거 영혼들의 고통스러운 한으로 남겨져있습니다. 여기에 수많은 일본인 영혼들이 조선인과 어우러져 아픔 서린 한을 나누고 있기에 오늘날 한일 간 정치적 대립이 끝날 줄 모르는 것입니다. 소통 부재로 '집착'이 점철되고 있는 것이지요. 오늘 우리가 행하고자 하는 그 수많은 영혼을 위한 위령제를 하고자 하는 것도 작은 한 부분일망정 국가 간 화해가 된다면 이보다 소중한 일이 없을 거라고 여깁니다.

더구나 코로나19 전염병으로 정부에서 재난기금을 운용하면서 저희 후손에게 짐을 지우고 있는 현실이 안타깝습니다. 후손들이 미래지향적으로 서로 함께 번영할 수 있도록 우리 어른들이 그 일을 해주어야 합니다. 꼭 그리해야만 되는 일이라 생각되어 통장님과 함께 추진하려 하니 협조하여 주십시오."

오랜 시간 이야기를 들은 통장은 이해가 되고 알아들었다는

마음을 헤아리면서 스님의 뜻에 동참하기로 하였다.

"스님 뜻이 부처님의 가피를 입어 잘 해결되리라 믿습니다, 소인, 잘 알겠습니다."

얼마의 시간이 지나고 자정에 이르자 스님은 통장과 함께 우물가로 발길을 옮긴다. 낮과 다르게 사람들이 붐비든 거리가 그야말로 유령도시처럼 보인다. 사람 발길도 없는 깊은 밤에 주변 집들은 소등하고 잠자는 듯 조용하다 못해 음침하기까지 하다.

이때, 통장은 소스라치듯 놀라며 갑자기 말을 한다.

"스님, 스님! 빨래하는 물소리가 납니다."

무산 스님이 "들립니까?" 하고 여쭈자 통장은 얼버무린다. 머쓱한 표정을 지으며 스님을 따르고 있다. 드디어 우물에 다다르고 조용히 무언가를 기다리고 있다.

그때였다. 통장의 눈이나 귀로는 보이지도 들리지 않지만, 누군가 스님께 다가오고 있다. 며칠 전 스님이 만난 일본인 처녀 영혼이 통장을 의식한 듯 경계하고 있다. 그러면서도 스님께 공손히 합장하며 예를 갖춘다.

"스님, 찾아와 주셔서 감사합니다."

경계하는 일본인 처녀 영혼에게 안심하라는 듯이 말을 하며 마음을 다스려준다.

"그래요. 이리 만나게 되었으나 그리 놀라실 것 없습니다. 이 분은 우리 일을 도와주실 마을 통장님입니다. 너무 염려하지 말고 저를 대하시기를 바랍니다."

"네, 그렇군요. 저를 배려하여 주셔서 고맙습니다."

스님은 처녀 영혼과 잠시 이야기를 나누고는 통장에게 앞으로 있을 상황에 대해 이해를 돕고자 설명을 해 주신다.

"통장님, 지금부터 일본인 처자 영혼과 영계의 세계와 현실의 세계를 연계하여 스님이 대화를 주고받을 것입니다. 당연히 소납의 말만 들릴 것입니다. 그러니 이를 아시고 가만히 계시면서 대화 중인 저의 이야기를 잘 들으셨다가 앞으로 일을 차질 없이 준비하여 주십시오? 마을과 나라에 귀중한 안녕과 화해의 장이 될 수 있으니까요?"

"네, 스님! 알겠습니다. 잘 받아 숙지하겠습니다."

통장은 스님만 바라보고 있다.

## 일본인 처녀 아야코

밤하늘 별빛은 반짝이나 지상에는 침묵이 흐르고 있다. 잔잔한 바람이 부산 앞바다를 평온하게 하려는 듯이 고요한 가운데 묵은 마음을 풀고 있는 것 같다. 먼저 무산 스님이 입을 떼 영혼에게 평온하게 말을 건넨다.

"자, 그럼 이제는 괜찮으니 이야기를 시작하시지요?"

일본인 처녀 영혼은 자기와 얽힌 긴 사후 전 이야기가 시작된다.

"저는 일본 나고야가 고향입니다. 1937년 봄, 당시 20세 나이에 대한제국 부산 동구 초량으로 부모님을 따라 동생 2명과 함께 왔습니다. 소녀 이름은 '아야코'라고 합니다.

당시 아버지는 일본 경무관 '나카야마'이시고, 어머니는 가정주부로 '세지료'입니다."

"아 네, 그러시군요!"

"그때 저는 여기에 와서 당시 초량 공립국민학교 1학년 선생님으로 봉직하였답니다. 1943년 초량국민학교 6학년 담임일 때 친구들과 송도 해수욕장에서 여름 물놀이를 하다가 그만 물에 빠져 죽게 되었습니다. 그리고 이곳 까치고개 화장터에서 화장되어 옥녀봉 산 위에 묻혔습니다. 그리고, 그 이후로 ···."

눈을 감고 귀 기울이며 아야코 영혼의 이야기를 듣고 있던 스님은 아야코 영혼에게 말을 한다. 아마 여기 우물가보다 더 영기가 흐를 곳에서 이야기를 나누고 알아채는 것이 좋을 것 같다는 생각이었는지 모른다. 스님은 더 이야기하려는 아야코의 말을 잡고 되묻는다.

"혹시, 우리 내일 밤에 다시 옥녀봉에서 뵐까요? 그리하는 것이 더 좋을 것 같다는 생각이 듭니다."

아야코 영혼은 자기 마음을 알아챈 스님께 정말 고마워하며 대답한다.

"스님! 그리하여 주시겠는지요? 정말 고맙습니다."

"그럼, 내일 밤에 옥녀봉에서…."

스님은 밤바람을 타고 옥녀봉 쪽으로 서서히 멀어져 가는 아야코 영혼을 쳐다보고 있다. 아스라이 보이지 않자 그때 서야 곁에서 조용히 머무르고 있던 통장에게 말을 건넨다.

"통장님, 많이 기다리셨지요. 이제 집으로 돌아갑시다."

별빛이 초롱초롱한 맑은 하늘이다. 스님은 우물가 계단을 내려와 귀가하는 길에서 아야코 영혼과 나눈 이야기를 통장에게 알려주면서 "내일 다시 옥녀봉에 올라가서 살펴봅시다."라고 하였다.

## 옥녀봉에서

　다음 날 낮 통장과 스님이 옥녀봉 지형을 살펴보고자 오른다. 천마산으로 이어지는 숲길을 따라가고 있다. 숲이 우거져 어디가 무덤인지 모를 정도다. 이곳저곳을 찾아보니 애기 무덤도 있다. 버려진 듯 외로이 누워있을 영가가 안타까움을 자아낸다. 그래도 숲속을 여기저기 날고 있는 나비가 있어 그리 삭막하지만은 않다.

　통장이 스님을 안내하며 옥녀봉과 마을 뒷산 무덤들에 관한 이야기를 설명하고 있다.

　"스님, 무덤군이 많지요?"

　"그렇네요. 우리 실상이 바로 이러하다고 생각합니다. 삶에서 죽음으로 옮겨 또한 죽음에서 삶으로 옮겨가는 삶이지요. 여기 벽이 하나, 열린 문이 각각 하나씩 있다고 합시다. 앞으로 갈 수 없는 벽은 죽음을 가리키고, 저 옆에 활짝 열린 대문은 새로운 생명이 태어나는 길입니다. 생각해 보세요, 우리 일거수일투족이 삶이라는 실상의 연속입니다. 그것을 모르니 우리 모두 범부의 세계에 사는 게지요. 그것을 찾기 위해 수행의 목적이 있는 것입니다."

　통장과 스님은 옥녀봉 일대를 이리저리 둘러보고 이곳에 삶과 죽음의 문화 공간을 마련해 보는 것도 괜찮겠다고 생각한다. 하산하여 귀가한 다음 밤을 준비한다.

　오늘이 그믐이라 달빛이 없다. 별이 반짝일 뿐이다. 스님과 통장은 어둑해진 숲길을 따라 다시 옥녀봉을 오른다. 늦은 봄이라 밤이 되어도 땀이 많이 흐른다. 무산 스님은 밤길에 전등을 비춰 앞을 가다가 영기를 느껴 전등을 소등한다. 하늘을 올려다보니 소나무 가지 사이로 별빛이 걸려 있고, 풀숲의 풀들이 바람에 일렁이고 있다. 산 아래 시내 쪽인 부산 북항은 전기 불빛이 유난히 밝아 이곳 산과는 대조를 이룬다.

　옥녀봉에 다다르니 무덤군 중앙에 여러 영가가 그림자처럼 여기저기 모여있는 것을 본 무산 스님은 통장님이 놀라지 않게 하려고 헛기침을 한다.

　"허, 흠!"

　스님이 도착한 것을 알아챈 일본인 아야코 처녀 영혼이 스님을 마주하면서 인사한다.

　"스님, 오셨습니까?"

　무산 스님은 인사를 받고는 주변을 둘러보면서 말을 건넨다.

　"이 주변을 둘러보니 영가 친구들이 많습니다. 그려."

　"네, 많아요. 그런데 하나 같이 근심 많은 영가랍니다. 하지만 걱정하지 않으셔도 됩니다."

　아야코 영혼은 스님을 안내하듯이 숲길 안쪽에 있는 풀이 우거진 한 무덤을 가리키며 말을 한다.

　"스님, 이곳이 소녀의 무덤입니다."

　스님은 아야코 영혼의 무덤을 바라보니 고개 숙인 할미꽃이 보였다. 그 꽃을 쓰다듬으며 애잔한 마음이 들었다. 무슨 사연이 있는 것으로 보였다. 이때 아야코 영혼은 스님께 자신의 이야기를 하려고 입을 열었다.

"스님, 사실은 제가 죽기 전에 사랑하는 사람이 있었습니다."

"그래요. 마음이 아주 고통스러웠겠습니다. 아야코! 이제 편안한 마음으로 전생에 있었던 이야기 들어볼까요? 혹시 풀지 못한 원한이라도 있으셨나요?"

"아닙니다. 오히려 소녀가 미안한 마음을 가졌답니다. 그러려고 한 것이 아닌데….."

일본인 아야코 영혼은 생존해 있을 때 자신의 일어난 이야기를 하기 시작했다.

## 인연의 만남

어느 맑은 날이다. 아야코는 점심 때를 맞추어 경무과에 근무하는 아버지를 만나러 가는 길이었다. 가는 길을 이리저리 둘러보며 가고 있는데 키가 훤칠하게 크고 멋지게 생긴 한 남자를 보게 된다. 아야코는 자기도 모르게 한눈에 반해 버리고 만다. 몸은 자석에 이끌리듯이 지나가는 그 남자를 무작정 따라가고 있다.

아야코는 행여 놓치면 안 되겠다 싶었다. 무슨 말이라도 붙여야겠다는 생각으로 남자에게 과감하게 다가가서는 망설임 없이 말을 건넨다.

"저기요. 혹시 차 한 잔 하시겠습니까?"

길을 가던 총각은 갑자기 도발적으로 말을 건네는 아야코를 보고 약간 당황하면서도 싫지는 않았는지 길을 멈춘다. 그리고 무슨 일인지 의아해하며 대답한다. 총각 역시 아야코의 미모와 생김새에 호감을 느꼈으리라 짐작된다.

"네, 네. 그러지요. 저기 앞에 있는 '희망 찻집'으로 갑시다."

찻집으로 앞서서 길을 안내하고는 출입문을 여니 안에서 "어서 오세요?" 한다. 차탁을 사이에 두고 자리를 잡는다. 초면이면서도 외려 자연스럽기까지 하다. 청년이 먼저 자기를 소개한다.

"저는 사하촌 남산골에 사는 최병길이라고 합니다. 자갈치에서 어물전을 하고 있습니다."

"네, 소녀는 아야코라고 합니다. 지금 저는 초량국민학교에 근무하고 있습니다."

"아! 선생님이시군요? 훌륭하십니다. 제 몸에서는 생선 비린내가 많이 날 텐데요….." 하면서 몸을 추스른다.

"아이고, 아닙니다. 오히려 성실하게 보여서 더 좋아 보입니다. 그래서 좋습니다. 오늘 저는 당신을 처음 보자마자 하늘이 정해준 인연처럼 여겨져서 무작정 따라가 말을 걸었습니다. 사귀고 싶습니다."

아야코의 사귀자는 직설적인 말에 병길은 입이 귀에 걸리며 머쓱해 하고는 활짝 웃는다.

"정말입니까? 이래도 되는지 모르겠습니다. 잘 사귀어 봅시다."

아야코는 생기가 돌면서 다행이다 싶어 안심하면서 이어서 말한다.

"아이 좋아요. 응답해 주셔서 고마워요. 말씀을 편하게 놓으셔도 괜찮아요. 저는 나이가 어리거든요."

"아! 그래요. 저는 스물다섯입니다만."

"네, 소녀는 스물셋이에요. 우리 이제 차 한 잔 해요."

"그럽시다. 여기요!"

병길은 주인장을 부른다.

"여기 홍차 좀 주십시오."

"네, 손님 곧 준비하겠습니다."

"아이, 말씀 놓으시래도요!"

"아! 네, 습관이 되어서⋯. 그럼, 이제부터 말을 놓습니다. 그래, 그러지."

"호호호, 그것 보세요. 얼마나 듬직하세요!"

곧 차가 나왔다. 한 모금 마시며 병길은 잠시 이야기를 나누다 문득 생각이 들었는지 아야코에게 말을 건넨다.

"가만 생각해 보니 오늘 볼 일이 있으신 것으로 보였는데. 우리 그림, 내일 또 보자고. 여기에서 오후 5시에 만나자?"

"네, 그렇게 할게요."

아야코는 기분이 좋아 보였다. 병길에게 다짜고짜 저돌적으로 달려들며 말한다.

"병길 씨, 한 번 안아주세요!"

병길은 당황한 듯 놀라며 물러선다.

"아니, 여기서 이러면 안 되지. 누가 보면 어쩌려구. 대신 볼에 키스해 줄게. 쪽! 내일 봐!"

그렇게 둘은 헤어지고 아야코는 '아차' 하는 마음으로 경무대로 발걸음을 총총히 옮기고 있다. 경무대 입구에 다가가니 초병이 제지한다.

"누구십니까? 무슨 용무로 오셨습니까?"

아야코는 신분증을 내어 보이며 나카야마 경무관을 만나러 왔다고 용무를 밝힌다.

초병은 "어떻게 되십니까?" 재차 물어온다.

"네, 딸입니다." 하니 갑자기 초병이 "하~잇" 하며 경례를 다한다.

## 아야코의 부모

아야코는 바쁜 걸음으로 경무대 안쪽에 가서 아버지 나카야
마를 만나 자신이 근무하고 있는 초량국민학교에서의 일을 이
야기한다.

"아버지! 제가 이번에 6학년 담임을 맡게 되었어요."

"요시! 잘 되었구나. 집에 일찍 가도록 하여라."

아야코는 아버지와 이런저런 학교 이야기를 나누고 경무대
를 나와서는 집으로 터벅터벅 향하고 있다. 집에 도착하여 어
머니 세지료에게도 오늘 일어난 학교 이야기와 병길을 만난 이
야기를 한다.

"어머니, 다녀왔어요."

"응, 아야코, 왔니, 어서 씻어라."

"어머니, 오늘 제가 6학년 담임을 맡게 되었어요."

"그래, 잘 되었네. 그런데 6학년 담임이면 힘들지 않겠어? 쉬
엄쉬엄해." "네 그러겠습니다."

"그리고 있잖아요. 어머니, 오늘 밖에서 경무대 아버지 뵈러
가는 길에 정말 멋있는 분 만났어요? 키도 크고 성실해 보였어
요. 제가 놓치기 싫을 정도로 인연처럼 느꼈어요. 잘 사귀어 보
려고요."

"그래, 그리도 좋던? 얘야, 남자들은 모두 늑대야. 알겠지. 잘 생각해서 사귀렴."

"흥, 어머니는 축하는 못 해 주고, 늑대라니요, 아이, 고리타분해요."

"아이고, 저런 저런. 철없는 것 같으니라고."

밤이 되자 아버지 나카야마가 퇴근해 집으로 들어오면서 딸이 보이지 않자 행방을 부인에게 묻는다.

"아야코, 왔어요?"

"네, 왔어요. 그런데 자기 말에 핀잔줬다고 삐쳐서 방에서 안 나와요?"

"하하, 그래요. 그냥 내버려 둬요."

나카야마는 아내 세지료에게 경무대에서 있었던 근황을 이야기한다.

"오늘 말이야. 경무대에서 조선인 여인 80명을 정신대에 보냈어, 우리 딸 아야코가 생각나긴 했지만 그래도 천황폐하가 우선이지 어쩌겠어."

아야코가 자기 방에서 나오다가 아버지 어머니가 나누는 대화 속의 이 말을 듣게 된다. 그래도 그러는 건 아니라고 생각하는 아야코는 벼락같이 화를 내며 아버지에게 대든다.

"아니, 아버지는 정말 그러고 싶어요. 나도 있고 동생들도 있는데 어떻게 그리하실 수가 있어요?"

나카야마는 딸의 말에 대꾸도 하지 않고 무시하며 부르짖는다.

"빠가야로, 천황폐하 만세!"

세지료는 나카야마 편을 들며 아야코에게 꾸짖는다.

"아니, 아야코! 너 아버지께 무슨 말버릇이야!"

아야코는 울부짖듯이 "아버지, 미워요." 그러고는 밖으로 나가버린다. 밤늦게까지 놀이터에서 그네를 타며 삐걱거리는 소리를 따라 생각에 잠겨있다.

'사람들의 삶도 이렇게 삐걱거리며 살겠지. 어른들의 일이란 게 왜 다들 이 모양인지….'

## 약속한 데이트

다음 날 아침, 일요일이다. 아야코는 병길과의 약속 장소에 가기 위해 준비를 하고 길을 나선다.

"다녀오겠습니다. 아버지! 어머니!"

나카야마와 세지료 두 부부는 이구동성으로 말한다.

"늦게 다니지 말고, 일찍 다녀오너라."

아야코는 입을 삐쭉이며 툭 뱉듯이 말한다.

"아이, 고리타분해. 흥."

대문을 나서니 길가에는 마을 아이들이 콧물을 질질 흘리면서도 신나게 숨바꼭질 놀이를 하고 있다. 아이들이 "선생님. 안녕하십니까?" 하고 인사한다.

"응, 그래 다치지 말고 잘 놀아…"

약속 장소인 희망 찻집은 멀지 않은 거리에 있다. 걸어서 20분이면 갈 수 있는 거리다. 경무대 앞 희망 찻집으로 가면서 '오셨을까?' 생각하니 가슴이 콩닥콩닥 뛰는 건 어쩔 수 없었다. 가슴을 콩닥거리며 출입문을 열었다. 찻집 한쪽에 앉아 있는 최병길이 보인다. 차탁 앞에 김이 무럭무럭 올라가는 차를 앞에 두고 팔목에 찬 시계를 연신 쳐다보고 있다. 그에게 살금살금 다가가 말을 한다.

"병길 씨, 오셨군요?"

"아니, 누구의 명이라고 오지 않겠나?"

아야코에게 의자를 빼주며 숙녀를 정중하게 자리를 잡아준다.

"이리 앉아!"

"역시 멋있어요, 이런 것도 할 줄 아세요?"

병길이 활짝 웃으며 마음에 찬 한 마디를 더 건넨다.

"평생 변치 않을게요! 아야코, 사랑합니다!"

아야코는 그 말에 갑자기 눈물을 왈칵 쏟아내며 야릇한 감정에 북받친 듯 잠시 눈시울을 적신다. 그러고서는 찻집 안이 갑갑했는지 불쑥 말한다.

"병길 씨, 우리 나가요, 송도 해수욕장으로 가요?"

"그래, 그러자고, 자 그럼, 나가볼까."

병길은 희망 찻집 주인에게 찻값을 계산하고, 아야코와 함께 찻집 문을 열고 나왔다. 뒤로는 찻집 주인의 배웅을 받으며 아야코는 남자의 가슴에 안기듯이 몸을 맡기며 신이 나 문을 나선다.

송도 해수욕장은 일제 강점기 때 만들어진 우리나라 최초의 해수욕장이다. 여름 유흥지로 많은 사람이 찾는 곳이었다. 거기에는 필요한 여러 가지 물건이 있는 만물집이 있다. 병길은 앞창이 긴 밀짚모자 하나를 사서 아야코에게 씌어주며 말한다.

"아가씨는 햇볕에 얼굴이 타면 안 되지요." 하면서 씌워준다. 얼음과자 두 개를 사고 하나씩 먹으며 입술을 적신다.

아야코는 공주처럼 대접해 주는 병길의 태도와 말에 다시 감

동하고 말을 잊지 못한다. 그러면서 새침하게 애교를 부리면서
말한다.

"병길 씨! 나, 오늘 집에 안 갈 거야. 정말이야!"

병길은 당황한 듯 "아니 그러면 집에서 걱정할 건데…."

아야코는 재미있다고 여기며 사실을 이야기한다.

"호호, 사실은 오늘 학교 야간 당직이거든요. 그래서 학교에
가야 하거든요. 병길 씨, 저랑 우리 학교에 같이 가주세요. 당
신이랑 같이 있으면 안심되고 좋을 것 같아요. 네?"

진심을 담은 말로 부탁하는 아야코의 말에 병길은 고개를 갸
우뚱하면서 망설이듯이 대답한다.

"음, 정말 그래도 돼?"

"네, 짝지랑 같이하는데 양해를 구하면 된답니다. 같이 있을
수 있게 되어 다행이다. 고마워요!"

바닷바람을 맞으며 해변을 함께 걷고 있다. 백사장에 둘의
발자국만을 남겨두고 초량국민학교로 향한다.

## 학교 당직실에서

　학교로 가는 길이 한층 가볍다. 아야코 발걸음은 신이라도 난 것처럼 총총거리며 걸어가고 있다. 거리는 노을빛을 안고 서서히 어둑해지고 있다. 이미 학교 교정은 그럭저럭 땅거미가 가라앉아 밤이 되어 가고 있다. 미리 학교 앞 포장마차에서 먹을거리를 조금 사고 학교 당직실로 들어갔다.

　함께 당직을 서게 되는 기혼자 미나코 여선생님이 미리 와 있다. 미나코 선생은 당직실로 들어오는 아야코를 반가이 맞이한다.

　"아! 아야코 선생님, 오셨군요? 음, 그런데 같이 오신 저분은…. 아— 네, 약혼자인가요?"

　아야코는 그 말에 반색하며 대답한다.

　"네. 그렇습니다."

　미나코 선생은 자기 개인 사정도 있다 보니 안도하는 마음으로 말한다.

　"아— 네, 그렇군요. 반가워요. 잘 되었습니다. 아야코 선생님! 부탁을 드려야겠어요. 사실 지금 남편이 아파서 병원에 가야 하는데 이러지도 저러지도 못하고 있었어요. 이렇게 오시니 다행이라는 생각이 들어요. 아야코 선생님이 알아서 해결 잘 부탁드려요?"

아야코는 오히려 둘이서만 있을 수 있게 되어 잘 되었다고 생각하면서 모른 척하면서 대답한다.

"미나코 선생님, 걱정하지 마시고 남편분 병간호 잘하십시오."

미나코 선생은 그 말에 짐을 챙기고 병원으로 갈 채비를 하며 안도감과 함께 고맙다는 인사를 한다.

"오케이! 고마워요. 두 분이 좋은 시간 보내시길…."

아야코는 미나코 선생이 교문으로 나가는 것을 당직실 창문을 통해 쳐다보고 있다. 미나코 선생이 보이지 않는 걸 확인하고는 병길에게 "편안하게 있으라."라며 자리를 건넨다.

"병길 씨, 여기에서 신문 보고 계셔요? 저가 먼저 씻고 오겠습니다. 편하게 계셔요."

아야코는 수건을 챙겨 당직실 세면장으로 들어가고, 병길은 신문을 보고 있다. 잠시 후 병길은 샤워장 물 폭포 소리를 듣는다. 점점 소리가 크게 들리며 세면장 창가에 비치는 아야코의 몸과 풀어 내린 머릿결이 실루엣처럼 비친다. 흐릿한 형체이지만 또렷하게 보이는 듯하다. 고개를 들어 물폭을 맞으며 손으로 봉긋한 가슴을 씻어내린다. 땀이 녹아내리는 가운데 병길의 손과 이마에 야릇한 땀방울이 고인다. 조금 있으니 "딱!" 하며 세면장 문 여는 소리가 들린다. 모른 척 상상하던 병길은 고개를 돌려보니 전라의 몸으로 앞가슴으로부터 수건만 감은 긴 머리 아야코가 서 있다. 갑자기 눈앞이 호강하는 기분이다. 그러면서 참고 있던 아랫도리가 뭉클해진다. 아야코는 아무렇지 않다는 듯이 말한다.

"병길 씨도 씻으세요?"

병길은 말을 더듬으며 "으응, 그- 그러지 뭐." 하며 세면장으로 향한다. 조금 뒤 병길은 급하게 샤워를 끝내고 나온다. 병길 역시 알몸으로 아랫동네에 수건만 걸치고 나온다. 아야코와 눈이 마주친다. 아야코는 병길의 벗은 몸을 보고 놀란다. 온몸이 근육질로 살아 꿈틀대는 것처럼 조각 같은 몸매다.

애써 태연하게 함께 자리에 앉아 미리 사 온 먹을거리와 어묵을 먹는다. 서로 입에 넣어주며 주거니 받거니 하면서 알콩달콩 재미있게 이야기를 나눈다. 아야코가 어묵을 한입 물고 병길의 입에 넣어준다. 그러면서 자연스럽게 입맞춤을 한다. 숨소리가 떨리고 호흡이 거칠다.

아야코와 병길은 둘이 하나되는 신비를 느낀다.

"병길 씨! 감사해요. 사랑해요."

그 말에 병길은 가만히 안아주며 귓속말로 말한다. 어떤 책임감과 함께 자신감을 느끼고 싶어 묻는다.

"아야코, 좋았어?"

"아이- 몰라요. 너무 좋았어요. 사랑해요."

그렇게 둘은 당직실 숙소에서 절대로 떨어지지 않으려는 듯이 품에 안고 잠을 청한다. 멀리서 새벽닭 우는 소리가 들려 오고. 창문 틈 사이로 뿌옇게 먼동이 튼다. 아야코는 잠결에도 손을 휘저으며 병길의 입을 찾는다. 입술을 찾아 키스하며 눈을 뜨고 말한다.

"음, 좋아. 병길 씨, 이제 씻으세요!"

둘은 그렇게 몸을 씻은 후 일과를 준비한다. 병길은 먼저 학교를 빠져나오며 아쉬운 듯 말한다.

"아야코, 나중에 봐!"

아야코는 나가는 병길을 붙잡고 다시 안기며 애정을 표한다.

병길은 머쓱해 하며 "간 크네, 사람들이 보면 어쩌려고?"

"치, 볼 테면 보라지 뭐, 어서 가세요? 나중에 봐요!"

병길은 한 손을 들어 응답하며 새벽 교문을 나선다. 서쪽 하늘에는 아직 별빛이 가물가물 비치고 있다. 새벽인데도 날씨가 후덥지근하다.

일찍 자갈치 생선가게 문을 열고 장작불에 솥을 올린다. 집에서 비상용으로 가져다 놓은 국수를 끓여 먹고, 오늘 하루도 역시 자갈치 거리에서 시작하고 있다.

## 마지막 데이트

해맑은 날씨, 아침 교무실에서 창문을 통해 학생들과 선생님들이 등교하고 출근하는 장면을 볼 수 있다. 서로 인사를 하며 교문을 통과하고 교실과 교무실로 들어선다. 교감 선생님은 교무실에 있는 아야코 선생을 발견하고 인사를 건넨다.

"아야코 선생님, 당직 선다고 수고했어요."

"네, 교감 선생님. 이제 저는 퇴근합니다."

"그래요. 밤새 별일 없었어요? 아야코 선생님!"

아야코는 시치미를 떼며 아무 일 없다는 듯이 대답한다.

"네, 교감 선생님!"

대답을 들은 교감 선생님은 수고했다며 인사를 건넨다.

"그래요, 수고 많았습니다. 아야코 선생님, 모레 아침에 등교하십시오? 얼른 퇴근하세요."

"네, 교감 선생님, 수고하세요."

아야코는 인사를 하고는 교무실 문을 나선다. 어젯밤 일로 걸음걸이가 조금은 불편하지만 상쾌하고 행복한 기분으로 걸어가고 있다. 길을 가다 집 근처 길가의 누렁이 두 마리가 서로 엉켜있는 것을 보고 싱긋 웃는다.

집 대문을 들어서며 아야코는 어머니에게 다녀왔다는 인사를 하고는 어머니 세지료가 말하는 "그래, 수고했어, 씻고 밥 먹어야지."라는 말도 못 들은 체하고 자기 방에 들어가 그냥 누웠다가 잠이 든다. 어머니 세지료가 깨우는 소리가 들린다.

"아야코, 평소에 안 자던 잠을 오늘은 다 자고 그러냐? 어디 아픈 것 아니지?"

"지금 몇 시예요?"

"오후 3시."

아야코는 그 소릴 듣자마자 바로 일어나 샤워를 한다. '쏴~' 하고 들리는 경쾌한 물소리를 들으며 머리를 식힌다. 그리고는 바로 옷을 챙겨입고 나오려고 하는 아야코를 보고 세지료가 말한다.

"어디 가려고 차려입고 나서니?"

아야코는 장난기 어린 말투로 "늑대 만나러 갑니다."라고 하며 문을 나서자 세지료가 "얘가 엄마를 놀려?" '탁!' 하며 핸드 스킵을 한다.

대문을 나서는 아야코의 구두 소리는 '뚜벅뚜벅' 유난히 경쾌하게 들린다. 발걸음도 가볍게 병길과 약속한 장소로 향한다. 오후 5시경 경무대 앞 희망 찻집이다. 병길은 창문 쪽에 먼저 와서 앉아 있다. 병길은 문 쪽을 보며 아야코가 들어오는 것을 보고 있다가 반갑게 맞이한다.

"여기야!" 하며 손을 들어 표시하고 아야코가 병길이 있는 곳으로 다가온다.

"아야코, 어서 와!" 하며 의자를 빼주며 아야코를 앉게 한다.

아야코는 자리에 앉으며 "일찍 오셨군요!"

"그럼, 일찍 와야지 숙녀를 기다리게 할 수 있나?"

그 말에 다정하게 말을 한다.

"고마워요. 오늘도 일하시느라 힘들었지요."

"매일 하는 일인 걸, 우리 차 마실까?"

"뭘 마실까요? 병길 씨, 우리 아이스크림 먹어요!"

"그래, 시원한 게 좋겠지! 여기요!"

"네, 손님 갑니다!"

"여기 아이스크림 2개 주세요!"

직원은 알겠다고 하면서 조금만 기다려 달라고 하고 물러간다.

아야코가 애교 있는 목소리로 말한다.

"병길 씨, 아이스크림 먹고 우리 무성영화 보러 가요! 송도 해변에 악극단이 왔나 봐요. 무성영화를 하는가 봐요."

병길은 무슨 사정이 있는 것처럼 망설이면서 대답한다.

"아야코! 미안하지만, 오늘은 그냥 여기서 헤어지기로 해. 남산골까지 가려면 시간이 걸리고 내일 통영에 고기를 받으러 일찍 동료들과 함께 가야 하거든. 아마 한 달은 걸릴 거야!"

아야코는 아쉬운 듯 섭섭한 마음을 담아 말한다.

"응, 그러시구나. 할 수 없지요. 그래요, 우리 다음에 가기로 해요. 일이 우선이니까요."

병길은 이해해 주는 아야코를 고마워하며 그사이 주문해 나온 아이스크림을 받아 맛있게 먹으며 아야코에게 물어본다.

"아야코, 지금 학교에서 오는 거야, 집에서 오는 거야?"

"집에서 왔지요. 아침에 퇴근하고는 집에 와 누웠는데 잠들어 버렸어요. 어머니가 깨워주셨는데 오후 3시라지 뭐에요. 그래서 얼른 씻고 옷 챙겨입고 나온 거예요. 어머니께서 어디 가느냐고 물으시는데 늑대 만나러 간다고 했어요?"

"뭐라고." 하며 둘은 함께 웃었다.

그렇게 두런두런 이야기를 나누다 아야코가 묻는다.

"병길 씨, 내일 고기 받으러 가면 목선 돛단배를 타고 가나요?"

"그렇게 이동하려면 목선밖에 없으니 그렇지. 여러 명이 함께 가니 걱정하지 않아도 돼."

이런저런 이야기 속에 아이스크림을 함께 먹고 자리에서 일어나면서 병길은 아쉬움을 아야코에게 달래며 말한다.

"아야코, 한 달 뒤에 여기에서 오후 5시에 만나기로 해. 아야코, 잘 지내고 있어. 잘 다녀올게!"

아야코는 걱정스러운 눈빛으로 "네, 조심해서 다녀오세요." 한다.

병길은 아야코를 자전거에 태워 집 가까이에 바래다주고 사하촌으로 힘차게 자전거를 내달리고 있다. 길가 풀들도 함께 달리려는 듯이 많이 흔들린다.

2
부

다시 만남과 실상

다시 만남
사촌 형 병수
강제 징용된 병길
새 출발과 익사 사고
아야코 영혼의 고백
실상(實像)

## 다시 만남

　다음날 병길은 어물전 동료 일행과 통영으로 배를 타고 떠났다. 갈매기들이 돛대 위에 함께 타고 가는데 바람에 날다가 앉고 또 날기를 반복하면서 같이 가니 심심하지 않은 보름의 뱃길이었다. 간신히 고기를 받아 돌아오는 길에 거제 구조라에서 풍랑을 만나 이레 동안이나 항구에서 발이 묶였다. 성난 파도가 잔잔해지자 뱃길에 올라, 한 달 보름 만에야 자갈치로 돌아올 수 있게 된 것이다. 병길은 오자마자 희망 찻집으로 가보니 찻집 주인이 전해 주는 이야기가 있었다. 아야코라는 아가씨가 지난주부터 매일 왔다 갔다는 것이다.

　그 말을 들은 병길은 메모지를 주인에게 남기면서 말한다. "혹시, 내일 그 아가씨가 오면 전해 주세요."라고 하고는 바삐 사하촌으로 자전거를 타고 달려간다. 자기 집에 도착하니 풍랑 소식을 들은 어머니 걱정이 이만저만 아니었던 모양이다. 어머니께 그동안 있었던 뱃길 사정 이야기를 하며 그리되었다는 말씀을 드린다.

　"그래, 다행히 여기 살아왔으니 되었다. 어서 밥 먹자." 하시면서 상을 차린다. 평온한 밥상이 보기에 행복하다.

　다음날 병길은 어물전에 나가 그제 받은 고기를 정리하고 전날 찻집 주인에게 메모를 전한 오후 5시경, 희망 찻집으로 가니 아야코가 이미 와 있었다. 전날 메모지 속에 '오늘 만약에 오면 기다리라'라고 적어놓았기 때문이다.

찻집으로 들어오는 병길을 발견한 아야코는 달려와 와락 품에 안긴다. 가슴을 두드리며 투정하듯 말한다.

"몰라요, 제가 얼마나 걱정했는지 알아요. 미워요."

대답할 여지도 없이 이어 채근 대며 말을 한다.

"아니 병길 씨, 도대체 어떻게 된 거예요?"

병길은 일정이 많이 늦어지게 된 것을 미안해하며 자초지종을 이야기하며 아야코에게 사과한다.

"그게 말이야. 고기를 받아 오는 길에 풍랑을 만나 구조라 항구에서 이레간 묶여 있었어. 할 수 없이 파도가 잔잔해지길 기다리다 어제 오게 되었어. 많이 기다리게 해 미안해."

사실을 알게 된 아야코는 "아니에요! 그런 일이 있었군요? 많이 걱정했어요. 더구나 해상길이라 얼마나 걱정했다고요."

둘은 차를 마시고 충무동으로 걸음을 옮겨 저녁 식사로 갈치구이를 함께 먹는다. 그리고 병길은 아야코를 집에까지 데려다주고 내일 희망 찻집에서 오후 5시에 다시 만나기로 하고는 사하촌으로 갔다. 집에 가니 사촌 형 병수가 와 있다.

## 사촌 형 병수

집으로 들어오며 반갑게 사촌 형 병수를 만난다.

"아! 병수 형. 오랜만에 봅니다."

"그래, 오랜만이다. 안 그래도 숙모에게서 이야기 들었다. 이번 뱃길에 고생을 많이 했다며?"

"어머니께 걱정 끼쳐 죄송할 따름이지요."

자리를 잡고 앉으며 오랜만에 만난 사촌 형 병수와 함께 막걸리 상을 사이에 두고 주거니 받거니 한다. 어느 정도 시간이 흐르고 병수형이 염려스러운 표정을 지으며 말을 꺼낸다.

"병길아, 네가 알고 있는지는 모르겠지만 할 이야기가 있어. 그 판단은 자네가 하게. 물론 형이 되어서 자네 사생활을 일일이 간섭하고 싶지 않으니 그리 알고,"

"그게 무슨 말입니까? 이야기해 보소. 형!"

병수는 망설이며 조심스레 말을 꺼내기 시작한다.

"그게 말이야. 재수 될 사람 말이다. 그분 아버지가 자네 이모님을 정신대에 보낸 사람 아이가! 그 뭐라고 하노. 나카야마라는 경무대 경무관 말이다."

그 말을 들은 병길은 막걸릿잔을 놓으며 놀란 듯이 말한다.

"뭐라고, 형! 그 이야기 사실입니까?" 하며 다그치듯 묻는다.

"그래, 정말 아니길 바랐는데 면에서 그 서류를 확인하게 되었다. 내가 자네에게 잘한 것인지는 모르겠지만, 판단은 자네에게 맡기겠네. 세상 인연법이란 때론 모질기도 한 거라네. 잘 생각해 처신하시게. 난 이만 가보겠네. 그럼, 가네."

사촌 형 병수는 그렇게 이야기하고는 홀연히 돌아갔다. 그 말을 들은 병길은 밤새 뜬눈으로 지새우다가 다음날 어물전으로 자전거를 달렸다. 어물전에 와서는 버드나무 가지로 고기에 달려드는 파리를 쫓으며 어제 만난 사촌 형이 하고 간 이야기를 다시 생각하면서 '어찌할까?' 고민이 한숨이 되어 돌아온다.

이윽고 병길은 결심이 섰는지 입을 꾹 다물고 어물전 정리를 하고서 무거워지는 발걸음을 느끼며 희망 찻집을 향해 가고 있다. 한편 아야코도 초량국민학교에서 퇴근하자마자 바로 희망 찻집에 도착한다. 먼저 도착한 아야코는 아직 병길이 오지 않은 것을 알고 기다리고 있다. 조금 있으니 어두운 표정을 한 병길이 말없이 들어온다. 어두운 표정을 본 아야코가 먼저 말을 건다.

"병길 씨, 무슨 일 있으신가요?"

병길은 침울한 표정을 지으며 답답한 가슴을 잡고 한마디씩 말을 한다. 작심이라도 한 듯이 거침없이 속말을 하게 된다.

"아야코! 가슴이 너무 아프다! 너와 헤어지기도, 헤어지지 않기도 어렵다. 너를 사랑했는데 말이야. 절대 변하지 않으려고 했는데 말이다. 널 떠나는 나를 용서해다오! 아야코! 너희 아버지께서 우리 이모님을 정신대에 보냈다는 이야기를 들었어. 어찌 이런 일과 인연이…."

말끝을 흐리며 말을 잇지 못하는 병길에게 아야코는 당황한 듯이 놀라고는 울먹이며 말한다.

"무슨 말이에요. 병길 씨. 변명 같지만, 그 일은 소녀가 모르는 일이에요. 그게 사실이라면 용서해 주세요!"

병길은 마음이 닫힌 듯이 작심한 말을 뱉고는 찻집을 나선다.

"오늘은 이만 갈게, 미안해, 아야코!"

아야코는 휑하니 나가는 병길을 쫓아 따라가 보지만 잡을 수 없다. 아야코는 상심하면서 속으로 '얼마나 상심이 컸을까!' 하고는 자기 집으로 와 부모님께 차갑게 인사만 하고서는 급하게 방으로 들어간다. 방문 앞에 벗어놓은 신발은 동서로 흩어져 있고, 문을 잠그고 엎드려 울고불고하고 있다. 어머니 세지료가 문을 따고 들어와서 무슨 일이 있는지 다그치며 묻는다.

"아야코, 무슨 일이니? 무슨 일이기에 그러는 거야?"

"어머니! 아버지가 미워요, 미워."

"그게 무슨 말이야. 그럼 못써, 왜 그러느냐?"

아야코는 흐느끼면서 어머니에게 안기며 병길로부터 들은 이야기를 전하며 하소연을 한다.

"어머니! 제가 사귀는 분의 이모님을 아버지께서 정신대로 보냈답니다."

"아니, 저걸 어째, 어머나!"

더 이상 말을 잇지 못하고 울고 있는 아야코를 세지료는 마냥 안고 다독이고 있다.

## 강제 징용된 병길

　다음 날 아침 아야코는 학교에 조퇴계를 내고 밖으로 나왔다. 막무가내로 사하촌 남산골에 있는 병길의 집을 찾아가기로 마음먹은 것이다. 그러고는 바쁜 걸음을 재촉하며 병길의 집으로 찾아갔다. 문을 열고 들어가며 묻는다.
　"계십니까?"
　마당에는 야생 꽃들이 바람에 일렁이고 있다. 약간의 시간이 지나자 나이가 조금 들어 보이는 중년 여인이 방문을 열고 나오면서 말을 한다.
　"누구십니까?"
　"실례하겠습니다. 저는 아야코라고 합니다. 병길 씨랑 친구입니다."
　중년 여인은 정신을 어디다 둔 듯 힘없는 목소리로 말을 한다.
　"아이고, 그래, 친구가 다 찾아왔네. 이를 어쩌나. 오늘 아침 일본군에 징집돼 가버렸는데. 어쩌면 좋나."
　아야코는 그 소리를 듣는 순간 당황한 표정이다. 밀려오는 현기증을 느끼며 쓰러져버린다. 갑작스러운 상황에 병길 어머니는 급히 아야코를 안아 일으키려고 한다.

"아이고, 색시, 정신 좀 차려보소? 정신 차려보소!"

다급한 목소리로 이웃 사람들에게 도움을 청한다.

"거기 누구 없습니까. 보소! 누구 있음 물을 좀 떠 와 주이소!"

마침 지나치던 이웃 철수네가 그 소리를 문밖에서 듣고 들어와 쓰러진 아야코를 보고 우물에서 물을 길어 와서 전한다. 병길 어머니는 물을 먹이며 마사지를 하면서 정신 차리기를 재촉한다. 다행히 아야코는 의식을 찾은 듯 희미하게 눈을 뜬다. 안도한 병길 어머니는 한숨을 쉬면서 말한다.

"그래, 이제야 정신이 좀 드나 보네. 다행이네. 다행!"

아야코는 멍한 상태로 있다가 정신을 가누고는 병길 어머니와 마을 사람들에게 고맙다고 인사하고는 천천히 걸음을 옮겨보지만 다리는 힘이 풀려있다. 황망히 그 집을 나와 휘청거리며 걷고 있는데 어떤 젊은 순사 이치로가 옆에서 부축해 주면서 묻는다.

"아니 왜 그러세요. 어디 아픕니까?"

아야코는 여전히 혼미한 정신으로 헛소리하듯이 말한다.

"경무대! 경무대!."

그 소리를 들은 순사 이치로는 그녀를 경무대로 황급히 데리고 간다. 경무대에 들어가 아버지 나카야마가 있는 곳으로 찾아간다. 나카야마는 갑자기 휘청거리며 찾아온 딸 아야코를 보고 놀라며 말한다.

"아니! 아야코, 아야코, 이게 무슨 일이냐?"

"경무관님, 영애 되십니까?"

"그래, 그래, 이치로 순사, 고맙네! 집에 좀 데려다주시게."

나카야마는 순사 이치로에게 부탁한다.

"하~잇!"

순사 이치로는 아야코 집 앞으로 경무대 차량을 이용해 바래다준다. 마침 차가 들어오는 것을 본 세지료가 급히 달려 나와 아야코를 맞이한다.

"아야코, 이게 무슨 일이냐? 이치로 순사님, 감사합니다."

이치로 순사는 경례하며

"하~잇! 아닙니다. 돌아가 보겠습니다."

아야코는 어머니에게 원망스러운 표정을 지으며 외치듯이 말한다.

"어머니, 나! 죽을 것만 같아요!"

"얘가 못 하는 소리가 없네. 그런 말 하는 게 아니다."

어머니의 말에는 아랑곳없다는 듯이 오늘 있었던 일을 토로하기 시작한다.

"어머니, 오늘 제가 병길 씨 집으르 찾아갔는데 말이에요. 병길 씨가 일본군으로 징집되어 갔데요."

"뭐라고, 그래 사실이냐. 아야코, 이를 어쩌나?"

세지료는 사태의 심각함을 알아채고 딸 아야코에게 미안함을 전한다.

"아야코, 미안하다. 엄마가 이렇게 빌게, 용서해 주겠니?"

"어머니께서 뭘 잘못하신 것 아니잖아요?"

"아야코, 내가 아버지를 대신해 빌게."

아야코는 방으로 들어가 버린다. 밤새워 눈이 부을 정도로 울고 운다. 그런 일이 있고 나서 아야코는 학교에 휴직계를 낸

다. 약간 얼이 빠진 것처럼 멍한 채 일 년의 세월을 보내면서
상처를 치유하려고 노력하고 있다.

## 새 출발과 익사 사고

다음 해 여름방학이 끝날 무렵, 어느 날 아침 멍하니 있다가 정신을 차리고 힘을 내어 학교에 복직하였다. 나름 새로운 마음으로 해보리라 마음먹고 등교하니 반가운 미야코 선생님이 반기면서 이야기한다.

"아야코 선생님, 오늘 우리 송도 해수욕장에 가요?"

"그래요, 선생님, 같이 가요. 여러 사람이 가나요?"

"우리 함께 마음 풀게 같이 가요."

학교 업무를 마쳤는데도 여름이라 그런지 아직 해가 많다. 그리고 송도 해수욕장에는 사람들이 많이 있다. 여러 선생님과 함께 수영복으로 갈아입고 물놀이를 하고 있다.

아야코가 즐거운 물놀이와 수영을 즐기고 있다가 갑자기 정신이 멍해지는 것을 느낀다. 혼미해지는 정신으로 몸에 힘이 빠지면서 쓰러진다. 주변에 있던 다른 선생들은 이를 미처 알지 못하고 있었다. 그러고는 아야코는 그대로 물속에 가라앉아 버렸다. 아야코가 물에 빠진 것을 뒤늦게 발견한 사람들이 수습하려고 하지만 이미 때가 늦어 버린 것이었다. 아야코는 그대로 깨어나지 못하고 유명을 달리한 것이다.

## 아야코 영혼의 고백

과거에 있었던 일을 회상하며 지난 모든 이야기를 한 일본인 아야코 영혼은 정리하듯이 무산 스님에게 계속 말을 이어간다.

"그때 제가 사랑한 분은 범어사 밑 사하촌 남산골에 최병길이라는 총각인데 당시 25세였습니다. 건강하고 성실한 분이라 많이 사랑하였습니다. 그분 아버지와 어머니가 생존해 계시고 여동생도 한 명 있습니다. 그런데 어느 날 그분이 이야기하기로 이모님이 몇 년 전 정신대로 갔다고 하였습니다. 그때 저는 그 충격으로 그분을 더욱 동정하며 사랑하게 되었습니다. 얼마 되지 않아 그분도 일본군으로 징집되어 갔습니다."

"가슴 아픈 일이 있었군요!"

"1년이 지나 전해 들은 소식은 이렇습니다. 강제 징집된 병길 씨는 항일 독립군 총에 맞아 죽었다고 하더군요. 유골은 화장되어서 함에 봉인된 채 가족에게 전해졌다는 말을 들었습니다. 너무나 가슴이 아파 몇 날 며칠을 울었습니다. 그 충격이 었는지는 모릅니다. 아마도 제가 물에 빠져 죽은 것이, 한동안 명하게 있었으니까요. 지금도 그분이 보고 싶지만 만날 수 없군요. 언젠가 만났으면 하고 기다리지만…."

아야코 영혼은 말을 잇지 못하고 슬픈 표정으로 고개를 숙이고 있다. 그러자 화제를 돌리려는 듯이 통장이 끼어들면서 묻는다.

"스님! 삶과 죽음의 갈림길이 우리들의 실상일까요?"

무산 스님께서 먼 하늘을 쳐다보며 하늘에 말을 흩뿌리듯이 이야기한다.

"아! 색즉시공이요, 공즉시색이라, 즉 물질이 곧 공이요, 공이 곧 물질이니….'"

지난날에 대한 회한이 많은 듯이 외마디 말을 한다.

"그런 일이 있고 나서 부모님은 형제들과 본국으로 귀환하였습니다. 저만 홀로 외롭고 가슴 맺힌 세월이었다는 생각입니다. 주변에 많은 영가가 함께 있어도 그렇습니다. 그래도 부모형제가 그립습니다."

"그렇죠. 어련하시겠습니까?"

"스님, 내일 다시 오시겠는지요? 곧 닭이 울 시간이라….'"

"아~ 예! 그렇게 하오리다. 우물가에서. 그럼….'"

모기들이 달려드는 숲길을 걸으며 통장과 스님은 아무런 말 없이 천천히 하산하여 귀가한다.

다음날 새벽부터 비가 주룩주룩 내리고 있다. 종일 비가 오는 밤에 통장이 빗속을 뚫고 왔다. 스님과 함께 우산을 쓰고 우물가로 발길을 옮긴다. 우물에 도착하니 이미 아야코 영가가 기다리고 있다. 통장은 두리번거리며 장난스럽게 묻는다.

"스님! 혹시 영혼이 와 있습니까?"

"그럼요, 벌써 와 있습니다."

스님이 온 것을 알아차린 아야코의 영혼이 맞이하며 인사를 올린다.

"스님! 이 빗속에도 오셨습니다. 정말 감사합니다. 지난밤은 정말 고마웠습니다."

"이런 비는 염려하지 않으셔도 됩니다. 자, 그럼. 어제에 이어서 못다 한 아야코 영혼의 하소연을 듣겠습니다. 저기 비를 피할 처마로 갑시다."

스님과 통장은 우산 옆으로 들이치는 비를 흠뻑 맞으면서도 아야코 영혼의 이야기를 경청하고 있다. 통장은 혼자서 이런저런 생각을 하고 있다. '무산 스님이 참 고마운 분이구나. 불쌍한 영혼들의 한을 풀기 위한 사명감이 없으면 어림도 없을 실천이구나' 하며 마음으로 동참하고 있다. 제법 굵어진 빗줄기로 인해 옥녀봉에 구름안개가 쌓인다. 아야코 영혼은 말을 잇기 시작한다.

"1945년 8월 15일 일본이 태평양전쟁에서 항복하고 드디어 전쟁이 끝나고 조선은 해방이 되었습니다. 그러나 그 이후 저의 부모님은 한 번도 저를 찾아오지 않았습니다. 자기 딸이 한국 부산 옥녀봉에 묻혀 있는데도 말입니다. 원망스럽더군요? 한 번이라도…."

딱한 마음을 아시는 무산 스님께서 한 말씀 하였다.

"원망은 되겠지만 그분들이 못 오게 된 입장도 생각해 보아야겠지요?"

"그래서 저는 그것이 한이 되어 중음신으로 고향 나고야에 가보았습니다. 일본의 옛 마을도 많이 변하였고, 부모님도 돌아가신 지가 오래더군요. 형제들조차 볼 수가 없었습니다."

"그래, 잘 다녀왔군요?"

"스님, 오늘은 여기까지만 하겠습니다."

그러고는 영혼 아야코는 안갯속으로 사라진다.

## 실상實像

다음날 밤이다. 비가 그친 맑은 밤하늘을 보며 오늘도 스님과 통장, 그리고 영가 아야코가 산책로를 걷고 있다. 산책로 길가에는 편백과 소나무, 여러 나무의 외호를 받는다. 아무도 없는 일행뿐인 산책로를 걸으며 이야기를 나누고 있다. 아야코가 먼저 말을 꺼낸다.

"스님, 저의 아버지는 일제 강점기 때 많은 조선인 여인을 정신대에 보냈습니다. 어머니께서는 그때 위안부로 보낸다는 사실을 알려주셨습니다. 어린 마음도 가슴이 아팠습니다. 당신 딸이면 그러겠냐고 따지기도 했지만, 그때마다 아버지는 '빠가야로, 빠가야로'만 하셨고…."

"허, 그것참. 기가 찹니다. 그려."

"그리고 스님, 영계의 세계에서도 부모님을 만나 볼 수 없었습니다. 아마 제 생각에는 쇳물이 끓는 화탕 지옥에 계실지도 모른다고 생각합니다. 소녀는 앞에서 말씀드린 대로 물놀이하다가 헛것을 보았는지 물속에서 나갈 수가 없었답니다. 스님! 죄송하지만 내일 다시 오시겠는지요? 시간이 벌써 되어…."

"그럼, 그리하오리다. 내일 산책로에서…."

스님과 통장이 내려오는 밤하늘이 맑다. 눈물 같은 비가 내린 까닭인가 보다.

다음날 밤이다. 삼 일째 밤길을 가고 있는 무산 스님은 깊은 생각에 잠겨 걸어가고 있다. '영계의 세계에 있는 영가 말을 스님이 들어주지 않으면 그 누가 들어주겠는가? 부처님께서도 「실상實像」 제도를 이야기하셨는데. 아마 있는 그대로 제도하라는 뜻일 것이다.' 하는 마음으로 산책길을 걷는다. 영혼 아야코가 산책로 안갯속에서 나타나며 인사올린다.

"스님! 오셨습니까?"

"그래요. 왔습니다. 같이 걸어가면서 이야기할까요?"

영혼 아야코는 못다 한 말을 이어간다.

"제가 물에 빠졌을 때입니다. 이미 내 몸은 물속에 있고 저는 유체 되어 내 몸을 보고 있었습니다. 제가 제 몸을 만져 보지만 아무런 느낌이 없었습니다. 주변에는 사람들이 웅성거리면서 제 몸을 건져내고 있었지만 진작에 저는 만져도 그냥 허공에 구름 지나가듯 할 뿐이었습니다. 그때 함께 간 미나코 여 선생님께서 울먹이며 말을 건넸습니다. '아야코 선생님, 눈 떠 보세요!' 하며 몇 번이나 부르는데도 저는 아무것도 할 수가 없었습니다. 저는 그냥 마냥 바라만 보고 있을 뿐이었습니다."

"고마우신 미나코 선생님! 주변에 친구들과 부모님 우는 모습이 보였습니다. 산천도 물도, 풀잎과 나무들이나 바위도 보였지만 하나같이 감각이 없었고 만져지지 않았습니다. 아, 이것이 죽는 것이구나! 그때 알았습니다."

마치 당시 현장을 보여주듯이 아야코 영혼은 자신의 일을 무덤덤하게 설명을 이어간다.

"때에 맞추어 경무대 구급차가 도착하고 소녀의 시신을 싣고 경무대 의무병원으로 갔습니다. 의무대 내의 시신 보관실 냉동고에 들어가 하루를 지냈습니다. 다음날 수의를 입혀 주는 의식을 치른 뒤 곧이어 영정이 갖춰지고 장 절차를 치렀습니다. 그리고는 절차가 마치자 까치고개 화장터로 옮기더군요. 그곳에 있는 화장터 직원이 횃불을 들고 들어와서는 말합니다. '자, 불 들어갑니다.' 하는데 제 몸이 불타고 있는 것을 보니 일체유심조라는 말이 생각되어 떠 올랐습니다."

  ― 일체유심조一切唯心造, 모든 것은 마음이 지어낸다.

"아마 한 시간 정도 육신을 태우고 몇 조각 뼈만 있는 것을 절구통에 넣고는 화장장 직원이 그걸 찧을 때 '몸이 부서지는구나!' 하는 생각을 했습니다. 곧이어 유골함을 들고 옥녀봉으로 오르던 아버지는 중간쯤 나를 묻어주었습니다. 아버지 나카야마는 '아야코. 잘 가거라.' 오직 그 한마디뿐이었습니다. 그 길로 떠나시고는 이후로 한 번도 무덤 근처에도 오신 적이 없으셨어요. 부모님은…."

"스님, 내 몸이 썩어 물이 되고 불이 되어 바람이 되고 흙이 되어 바위가 되겠지만, 정신의 씨앗이 되어 또 다른 생명으로 탄생을 준비하리라는 것을 알지만, 전생에 대한 미련과 집착으로 지금도 헤매고 이렇게 중음신이 되었습니다. 친구들 고향에서 밤낮을 헤매다가 이곳 우물가에서 옛날 나고야 집 우물이 기억나게 되어 여기에 정을 붙이고 머물며 지내고 있었습니다. 왔다 갔다 하는 많은 이의 표정을 보면서 때를 기다리고 있었습니다. 그러다가 이렇게 뜻밖에 영가와 접신하시는 스님께서

찾아주시니 감사할 따름입니다. 소녀 아야코를 스님께서 천도
해 주시겠는지요?"

이야기를 다 들은 스님은 따뜻한 시선으로 아야코 영혼을 바
라보며 말을 한다.

"그래야겠지요. 걱정하지 마세요. 소납이 할 일인 걸요. 조만
간 때를 봐 영가를 청하겠습니다. 아야코 영가여! 오늘은 이만
가보겠소."

"네, 스님. 소녀의 긴 하소연을 며칠째 들어주심을 어떻게 갚
아야 할까요?"

"원~ 무슨 별말씀을…. 그것은 소납이 불제자로서 의무를 다
해야 하기 때문입니다. 정 인과응보를 갚을 거면 지금 아야코
영가도 말씀하였지만, 한일 간의 여타 한 문제들을 해결하는
데 보탬이 되었으면 합니다. 진정한 사과를 하고 용서를 청하
면서 화해하기를 바랄 뿐입니다. 그 외는 어떤 것을 대단하게
바라지도 않습니다."

영혼의
바람

보
우

3
부

환생

환생한 아야코
밀양에서 온 청년
다시 이루어진 데이트
병길의 집에서
역사 수업
집으로 가며

## 환생한 아야코

다음 날 아침 스님은 빗자루로 마음을 닦듯이 도량을 대 빗자루로 쓸고 있는데 통장과 한 여인이 찾아왔다.

"통장님. 어서 오십시오! 그런데 옆에 있는 미모의 아가씨는?"

"네, 스님. 일본에서 우리 마을을 찾아오신 분입니다."

"아~ 그러시군요? 자~ 자~ 선방으로 가십시다."

"스님! 처음 뵙겠습니다. 나고야에서 온 아야코라고 합니다."

무산 스님은 '아야코'라는 이름을 듣고 순간 당황하며 놀란 눈으로 말을 건다.

"아니! 무엇이라 하였습니까? 아야코라고요?"

"네, 스님. 왜 놀라시는지요?"

스님은 마치 아무 일 아니라는 듯이 모른 척하며 말한다.

"아니올시다 그려. 아~ 어찌 이런 일이…. 차나 한 잔 드시지요?"

옆에 있던 통장이 바쁜 일이 있는 것처럼 일어나며 말한다.

"스님! 소인은 약속이 있어 먼저 가보겠습니다. 그리고 아야코 양 일 보시고 저의 집으로 오십시오?" 하고는 길을 나서고 아야코는 일어나 배웅을 한다.

"알겠습니다. 통장님."

다시 자리를 잡고 앉으며 무산 스님은 고개를 갸우뚱거리며 묻는다.

"저기. 아야코라 하셨나요?"

"네, 그렇습니다. 스님!"

"그래요. 그래, 어쩐 일로 소납을(스님) 찾으셨는지요?"

"네, 저의 꿈속에서 소녀가 부산의 이곳에 있는 꿈을 자주 꾸게 되어…. 그래서 이상하게 여겨 수소문하여 여기를 찾게 되었습니다. 그러다 마을 통장님을 만나니 스님을 만나 보겠느냐고 하셨습니다."

"아, 그렇군요!"

무산 스님은 오늘 이렇게 일어나는 이 현상을 보면서 혼잣말을 한다. '색불이공공불이색色不異空空不異色 색즉시공공즉시색色卽是空空卽是色이라. 이는 색이 공과 다르지 않고, 공이 색과 다르지 않으니, 색이 곧 공이요, 공이 곧 색이다.'

"아! 이것이 실상이로구나. 부처님께서 말씀하셨지. 색즉시공이요, 공즉시색이라…."

"스님, 무슨 말씀이신지?"

"아야코 양, 조금 있다가 어느 곳으로 함께 갑시다. 들러볼 곳이 있습니다."

시간은 정오를 지나고 있었다. 무산 스님은 아야코 양을 앞서서 우물가로 가고 있다. 우물가에 도착한 아야코는 궁금하다는 듯이 스님께 여쭈어본다.

"스님! 여기는 우물이군요?"

"네, 우물이 맞습니다."

"그런데, 왜…. 여기를….." 하며 말끝을 흐린다.

"아! 맞아요. 스님. 여기 이곳을 꿈에서 본 것 같아요."

"자, 그럼. 거기 편한 곳에 앉아보세요? 아야코 양!"

아야코가 자리를 잡고 앉자 스님도 건너편 자리에 앉는다. 스님은 입을 떼며 이야기를 하기 시작한다.

"아야코 양, 이곳 우물가에 오래전부터 전생 아야코라는 죽은 영혼이 출현하고 있습니다."

"네! 아~ 그래서 처음 만났을때 스님께서 놀라셨군요?"

"그러하오이다. 사실은 제가 얼마 전부터 그 영혼과 접신을 하였습니다. 그러면서 영혼을 천도해 달라고 그러더군요."

"아뿔싸! 아~ 제가 그럼, 그 영혼이 전생의 소녀였군요? 그래서 오래전부터 꿈속에 보였던 것이군요? 세상에나~ 저는 그것도 모르고 왜? 스님께서 놀라시나 했습니다. 죽은 자와 산 자의 전후 생을 건너뛴 제가 여기 있다니 실감이 나지 않습니다."

"네. 그것이 바로 '실상'입니다. 자, 그럼. 이제 옥녀봉으로 가보실까요?"

무산 스님과 아야코는 옥녀봉을 오르기로 하고 한 걸음씩 오르면서 아무런 말이 없다. 아야코는 오를수록 풍경이 바뀌는 것을 보면서 놀라고 있다. 멀리 바다가 보이고 오밀조밀 집들을 보면서 신기한 느낌이다. 옥녀봉에 다다를수록 다른 느낌이 든다. 산정 넓은 분지에 무덤들이 즐비하게 펼쳐지는 것이 무척이나 놀라운 표정이다. 색다른 풍경에 아야코는 펼쳐진 무덤들을 보면서 스님에게 말을 한다.

"아! 스님. 너무나 놀랍습니다. 이렇게 무덤이 많은 줄 몰랐습니다."

"여기에는 아기들의 무덤도 있습니다. 이리 와 보시지요? 여기가 전생 아야코의 묘입니다."

그 말을 들은 아야코는 조용하게 태도가 바뀌며 생각에 잠긴다. 잡풀이 올라와 있는 것을 손으로 뽑으며 눈물을 흘린다. 순간 많은 생각에 잠긴 모습이다.

"아야코 양. 눈물을 멈추시고 말씀을 들으세요. 지금은 낮이긴 하지만 전생의 아야코 영혼이 곁에 있을 수 있습니다. 아마도 전 후생 간에 화해가 될 것입니다. 그런 마음으로 보셔도 됩니다."

스님은 아야코의 마음을 다스리며 눈물을 흘리고 있는 아야코를 달랜다.

"자. 이제 선방으로 내려 가십시다."

"네, 스님! 무어라 말씀을 드려야 할지…."

저녁이 되자 스님을 찾아온 통장을 맞이한다.

"스님. 소인이 왔습니다."

그동안 많은 이야기를 나눈 아야코 양이 문을 연다. 스님은 통장에게 그간 있었던 이야기를 전해 준다.

"네, 통장님. 어서 오십시오.! 오늘 우물가와 옥녀봉에 가서 모든 이야기를 아야코 양에게 설명해 드렸습니다."

"예. 스님 잘하셨습니다. 아이고 아야코 양이 많이 놀랐겠습니다. 어떻게 괜찮으셨는지요?"

"그랬지요. 울기도 하였지요! 하지만 언젠가는 알게 되기 마련이지요."

찾아보고 싶었던 꿈의 그 장소를 보고 아야코는 '정녕 꿈 대로 꿈만 같았다'라는 생각을 하고 있다. 이것이 현실이 될 수 있다는 것이 무엇이지 하면서 머뭇거리고 있다. 이때 통장이 말을 꺼낸다.

"아야코 양. 이제 저의 집으로 가십시다. 스님께서도 쉬셔야 하오니…."

"네. 통장님. 따라가겠습니다. 스님. 오늘 감사드립니다. 내일 찾아뵙겠습니다."

아야코는 통장을 따라가면서 마을의 마트에 들러 우유랑 맥주 그리고 과자 코다리 안주를 사서 통장댁으로 갔다. 통장가족들과 함께 마트에서 산 부식으로 입가심을 하면서 잠자기 전 그동안에 있었던 이야기들을 풀어놓고는 잠 자리에 들었다.

## 밀양에서 온 청년

다음 날 아침 밀양에서 손님이 왔다. 한 30대로 보이는 청년이다. 무산 스님께서 손님을 맞이하고 있다.

"젊은 처사님, 어떻게 오셨습니까?"

"네. 스님! 저는 최병길이라고 하고 밀양에서 큰스님을 뵈러 왔습니다."

"최병길, 최병길이라…. 그래요. 무슨 일로 오셨어요?"

"네. 스님! 이야기가 좀 길답니다. 말씀드려도 될지…."

"무슨 말씀을요. 편안하게 말씀하시지요."

"네, 소인은 올해 서른한 살 미혼입니다. 오래전입니다. 10년 전부터 꿈속에 한 여인이 저를 자꾸 따라옵니다. 어디를 가나 따라다닙니다. 그래서 신경쇠약으로 병원 치료도 받았습니다. 그러다가 이런 말을 하니 어느 할머니가 말씀해 주셔서 찾아와 뵈었습니다. 여기 적멸보궁 관음정사 무산 스님을 찾아가보라고 하셨습니다. 그리 소개해 주셔서 물어물어 이렇게 친견하게 되었습니다."

"아이고, 그래요. 소승이 뭐 아는 것이 있어야지요? 그래요, 옛날부터 밀양에 사셨나요?"

"아닙니다. 스님. 예전에 부모님과 저는 사하촌 남산골에 살았습니다. 밀양으로 이사한 지는 제가 태어나기 전에 이사했다고 하더군요.”

무산 스님은 그 말을 듣고 잠시 음미하더니 묘한 감정을 느끼는지 혼잣말을 한다.

“뭐라고. 남산골이라…, 남산골이라…. 가만 보자. 이름이 최병길이라 하셨지요?”

무산 스님은 난데없이 통장에게 전화를 건다.

“여보세요? 통장님이세요?”

“예, 스님!”

“통장님! 지금 절에 바로 좀 오실 수 있겠습니까?”

통장은 갑작스러운 연락에 집에 머무르고 있던 아야코와 함께 절로 올라왔다. 무슨 일인가 싶은 급한 마음으로 와서 인사를 한다.

“스님! 찾아계시옵니까?”

“아, 네. 상의할 일이 있어 바쁘신데 찾았습니다. 죄송합니다.”

“아닙니다. 그러고 보니 손님이 계시는군요?”

“괜찮습니다. 두 분께서는 저기 소파에 편안히 앉아보세요?”

“여기 옆의 손님은 밀양에서 찾아왔는데 이름이 최병길이라고 하고, 과거 생에 부산 사하촌 남산골에 살았다는군요? 마침 아야코 양이 와 계시니 함께 이야기를 풀어보도록 합시다. 통장님께서 그동안 있었던 이야기를 청년에게 좀 해 주시지요?”

“아! 네. 스님! 그리 하겠습니다.”

통장은 청년에게 그동안에 있었던 이야기를 한다. 주저리 이야기를 하다가 아차 했는지 같이 함께 온 아야코 양을 소개한다.

"옆에 있는 이 아가씨는 일본에서 오신 아야코 양입니다. 서로 인사를 나누세요."

병길은 인사를 받고서는 고개를 기울이며 조심스레 말을 건다.

"그런데 어디서 많이 뵌 듯합니다."

그 소리를 들은 아야코 역시 이상하다는 듯이 생각하면서 대답한다.

"그렇지요. 소녀도 그런 생각을 하는 중이었습니다."

옆에 있던 통장이 일면식도 없는 둘이서 나누는 이야기를 듣고는 간섭하듯이 말을 한다.

"무슨 소리인지. 그것참 신기합니다. 신기해요. 살다 살다 이런 인연 처음입니다. 기적 같은 일이 일어나는 건 정말 처음입니다."

이어서 통장은 그동안의 자초지종을 청년에게 설명하게 된다. 그 모든 설명과 이야기를 들은 무산 스님은 작심한 듯이 말을 건넨다.

"오늘 이리 만난 두 분은 전생에 숙업의 인연이 연결된 듯합니다. 한 번 사귀어 보는 것이 어떻겠습니까?"

처음 본 인연을 사귀어 보라고 말씀하시는 스님 앞에서 아야코 양은 그 말에 부끄럼을 타면서 금세 얼굴이 붉어진다. 어찌할 바를 몰라 하는 아야코에게 밀양에서 온 청년 병길은 당당하게 즉석에서 악수를 청하면서 말을 건다.

"안녕하세요. 저는 최병길이라고 합니다. 어디 우리 한번 잘 사귀어 봅시다. 이것도 인연인데 전생에 못다 한 인연 이 세상에 꽃피워 봅시다." 하면서 너스레를 떤다.

이때 스님은 환하게 웃으시며 말한다.

"잘 되었습니다. 꼭 천생연분 같군요? 하하하"

"스님! 제가 가까운 날 꼭 다시 찾아뵙겠습니다." 하면서 아야코 양을 쳐다본다.

그렇게 만난 아야코 양과 병길은 스님과 통장에게 인사를 하고는 길을 나선다. 통장은 걸어가는 두 사람을 쳐다보면서 묘한 웃음을 지으며 농처럼 말을 던진다.

"어이, 최병길 청년! 아야코 양! 잘 가세요."

초면이지만 어색하지 않은 두 사람은 길을 나서 같이 가는 길에서 두런두런 이야기를 나눈다. 그리고는 내일 만나기로 약속하고는 헤어진다. 병길은 머릿속이 상쾌해진 기분이 되어 집으로 돌아가고 있다.

## 다시 이루어진 데이트

다음날 청년 최병길 군과 아야코 양은 시내에 있는 서면 솔 향기 찻집에서 만나게 된다. 그러면서 이야기를 나누는데 서로 신기한 마음으로 즐겁게 대화한다.

"아야코 양, 정말 이러한 일이 우리에게 일어날 줄 꿈엔들 생각했겠습니까?"

"소녀도 놀랍고 당황스럽습니다만 병길 씨가 좋아집니다. 호호!"

"아이고, 그렇게 말씀해 주시니 감사합니다."

"그래 맞아요. 저도 들은 이야기지만 저의 생에 이모님이 정신대에 끌려가셨다는 이야기를 어머니께서 들려주셨지요?"

"아! 그러셨구나. 얼마나 어머님이 상심하였을까요?"

"그 당시 첫아들이 일본군으로 징집되기 전 이모님이 정신대에 가셨다 하시더군요. 첫아들이 징집되기 전 어머니 뱃속에 늦둥이를 배고 있었는데 그 첫아들이 군대에 가서 1년 만에 죽게 되었답니다. 그리고 이어 곧 태어난 게 '저'였다는 겁니다. 그래서 이름을 최병길로 하였답니다."

그렇게 둘은 지나간 이야기를 다정하게 나누다가 병길은 아야코에게 산책하자고 제안한다.

"우리 좀 걸을까요?"

"저도 그 말 하려고 했는데 이심전심이군요! 어디로 가죠?"

"으음, 우리 어디 조용한 곳으로 갈까요?

"그럽시다. 성지곡 호숫가 숲길이 좋지요. 그리로 갑시다."

둘은 성지곡으로 향하며 택시를 잡아탄다.

"기사님, 성지곡으로 가 주십시오."

"네, 손님. 잘 모시겠습니다. 항상 저희 택시를 이용해 주셔서 감사합니다." 아야코는 ….

"부산의 택시 기사님들은 참 친절하시군요!"

"손님, 감사합니다. 최선을 다하겠습니다."

금방 성지곡 입구에 도착한다.

"기사님. 여기 입구에 세워주세요!"

"예, 알겠습니다. 요금은 삼천 원 나왔습니다."

"네. 여기! 카드로 드리겠습니다."

"감사합니다. 손님, 좋은 시간 되십시오."

병길이 먼저 내려서 아야코 양의 문을 잡아주며 하차를 도와준다.

"고마워요. 병길 씨!"

내리는 모습을 본 택시 기사는 두 사람을 흐뭇하게 바라본다. 차에서 내린 두 사람은 성지곡 공원 안쪽으로 걸어가고 있다. 병길은 가만히 아야코의 손을 잡는다. 아야코도 가만히 있다.

"여기 안쪽에 있는 저수지가 편백림과 함께 아름다움을 더합니다. 숲이 우거져 도시의 공간 공기도 맑고…."

"아! 부산 근교에 이렇게 아름다운 공원이 있군요?"

"부산 시민의 허파가 되겠습니다."

"시원하고 사람들이 많고 어린아이들도 많군요?"

"아~ 네. 이곳은 1909년 식수원 확보를 위해 대한제국 융희 隆熙 3년(순종, 황제), 정부와 부산에 있던 일본 거류민단이 공사비를 공동 부담하여 건설한 것입니다. 그리하여 오늘날 성지곡 수원지 댐이 준공되었습니다. 1978년 5월 5일 세계 아동의 해를 맞이하여 이를 기념하기 위하여 '어린이 대공원'으로 개칭하여 지금은 부산 시민의 휴식 공간으로 거듭 태어났지요."

"그때 정말 준비를 잘한 것 같습니다. 미래를 보고 국정 운영을 하신 분은 누구시죠?"

"네. 조선시대 순종 황제와 그때 정부 관계자들 그리고 일본 거류민단 단체입니다. 그리고 세월이 흘러 조국 근대화를 이루신 고 박정희 대통령이시죠. 내조를 잘해 주신 육영수 여사님 역할이 컸지요. 자라나는 어린이를 위해 준비한 곳이 바로 이곳입니다."

"훌륭하신 나라의 지도자 덕목이 중요하지요."

"참, 아까 이야기하다가 끊고 여기 왔는데 계속 말씀드릴게요. 이모님은 해방 후 5년 만에 돌아오셨는데 곧바로 정신 병원에 입원했다고 합니다. 부모님은 한 번씩 외출을 끊어 바람을 쐬고 하였는데 보기만 하면 눈물을 흘린답니다. 그러면서 필리핀 루손섬에 가고 싶다고 하였답니다."

"옛날이나 지금도 가슴 아픈 사연이 이어지는군요?"

사연을 들은 아야코는 눈물을 훔친다. 손수건으로 눈을 찍으며 말을 한다.

"우리도 한 번 뵈러 가도록 하시지요? 가서 용서도 구하고 사연도 한 번 들어보죠?"

"그럽시다. 다 왔어요. 저기가 호수입니다."

"네, 와! 멋져요! 편백림 숲도 울창하군요? 병길 씨, 저기 물고기 보세요? 엄청 크군요!"

"우리 호수 한 바퀴 돌고 나갑시다. 배도 고프고…."

"네, 소녀도 꼬르륵하는데요! 호호호"

"아야코 양, 복국 좋아하나요?"

"네. 좋아합니다."

"아야코는 따뜻한 국물이 좋겠지요!"

둘은 주변에 있는 복국집으로 갔다. 상호가 '소천복'이다. 병길이 탁자의 의자를 빼준다.

"아야코, 여기에 앉으세요!"

병길도 마주 보며 자리에 앉아 주문한다.

"사장님! 여기 은복 맑은탕 두 그릇 부탁할까요?"

"네. 알겠습니다. 손님. 조금만 기다려주시면 바로 준비하겠습니다."

"병길 씨, 얼굴 이리 줘보세요?"

병길은 허리를 구부려 얼굴을 내어주며 묻는다.

"뭐가 묻었나요?"

아야코는 답변보다 입술에 '쪽!' 키스한다. 아야코는 병길이 마음에 들어 보였다. 과거 이야기를 들으면서 더 애틋한 마음이 들었고 내심 사랑하기로 생각을 굳힌 모양이다.

"아! 이거 급습으로 당했군요!"

"사랑해요! 당신을."

그 사이 음식이 나온다. 수저를 챙겨주며 밥뚜껑을 열어준다.

"아야코, 뜨거워요. 천천히 드세요!"

복국 그릇에 수증기가 피어올라 시야를 가린다.

"고맙습니다. 병길 씨!"

병길은 함께 맛있게 복국을 먹은 후 아야코의 숙소로 바래다주고 헤어짐을 아쉬워하며 묻는다. 오늘따라 야밤 거리의 네온사인이 유난히 밝다.

"오늘은 여기서 헤어집시다. 참, 일본은 언제 가십니까?"

"네, 모레 아침에 가려고 합니다."

"그럼 가시기 전에 내일 또 뵙도록 합시다. 모레 저녁에 가는 걸로 하시지요?"

"네, 그렇게 하겠습니다."

아쉬운 듯 병길은 아야코에게 다가가 가만히 포옹하며 말한다.

"고맙습니다. 소중한 분, 쉬어요!"

돌아서서 가는 병길을 바라보는 아야코는 손을 흔들며 목례하고, 숙소 문을 열고 들어간다. 병길은 유리문 너머로 보이는 아야코 뒷모습이 스크랩되고 있다.

## 병길의 집에서

다음 날 아침 여기는 밀양 집이다. 병길은 일어나 달력을 본다. 오늘이 5월 3일, 일요일이다. 거실에 나가니 아버지는 신문을 보고 계시고, 어머니는 주방에서 아침을 준비하고 계신다.

"잘 주무셨어요? 아버지!"

"오냐! 일어났구나."

병길은 아침을 먹으며 부모님께 그간의 일에 관해 설명해 드린다. 오늘 그 일본인 아야코 아가씨를 데리고 와 인사하기로 약속을 한다.

"아버지, 어머니, 그럼 나중에 부산 북구 화명동 집으로 오십시오!"

"그래, 아들, 준비해 놓을게."

"감사합니다. 어머니."

"감사하긴, 우리 아들, 건강하니 좋다. 어서 가렴, 아가씨 기다리겠다."

병길은 밀양역에서 기차를 탄다. 서면 영광도서 쪽 지하철 입구에서 10시에 만나기로 한 약속에 맞추기 위해서다. 구포역에 9시 10분에 도착한 뒤 지하철로 갈아타고 서면 지하철역에 도착하니 9시 55분이다. 만나기로 한 장소에 가보니 이미 아야코가 기다리며 서 있다. 병길은 모른 척 손가락으로 등을 찌르니 돌아보면서 아야코가 병길의 가슴에 안긴다.

"놀랐잖아요! 피~"하며 입을 삐죽인다.

"미안한 일이 있습니다. 아야코에게 허락도 받지 않고 지금 우리 부모님 뵈러 갈 겁니다."

아야코는 놀란 목소리로 말한다.

"네- 지금 뭐라 하셨어요? 그런 게 어디 있어요? 준비도 안 돼 있는데…."

"그러니 미안하다 하였지요?"

아야코는 제자리에서 서성이며 빙글빙글 돌면서

"몰라~ 난 어떡해. 마음대로야, 병길 씨는 할 수가 없군요! 출국 비행기는 내일 저녁 7시로 해야겠군요?"

"네. 주인님, 알아서 모시겠습니다. 지금 부모님은 부산 북구 화명동 아파트로 오시는 중입니다. 밀양이 아니고."

"부산에도 집이 있어요?"

"그럼요. 부모님 아파트를 제가 머물고 있지요. 갑시다. 전철을 타고 가야 합니다."

2호선 양산행을 탄다. 아야코는 좌석에 앉으며 병길에게 팔짱을 끼면서 말한다.

"지하철 안이 추워요! 일본은 더운데…."

서로 이야기 나누는 중에 창밖으로 낙동강이 보인다. 아야코는 '저 물줄기처럼 우리도 유유히 흘렀으면….' 하는 생각을 한다.

"내립시다. 다 왔어요. 택시를 타야 해요!"

병길은 역 앞 택시 승강장에서 손을 들어 들어오는 택시를 세운다. 문을 열어주며 아야코가 탄 뒤에 문을 닫으며 가는 곳을 기사에게 알려준다.

"기사님, 화명 롯데캐슬로 가 주십시오."

"네, 이용해 주셔서 감사합니다. 안전하게 손님을 모시겠습니다."

잠시 후 목적지에 도착하고 2,500원의 요금을 카드로 결제하고 내린다.

화명동 집, 롯데캐슬 아파트 A동 1004호 앞이다. 아야코는 엘리베이터 속에서 긴장이 되는지 손가락을 만지작거리고 깍지를 끼며 힘을 준다.

"딩동~ 딩동~ 초인종을 누른다."

"아! 그래, 기다려."

병길의 어머니 목소리가 밖에까지 들려 온다. 병길의 아버지와 어머니는 문을 열어주며 반갑게 맞이한다.

"환영합니다. 어서 오세요! 아가씨!"

"허락 없이 갑자기 방문하게 되어 죄송합니다."

"아이고, 아닙니다. 아들이 아침에 그리 이야기해서 당황했지만 어쨌든 반갑습니다."

"그래도 무례하셨어요?"

병길을 돌아보며 입을 빼쭉거린다.

"그래, 먼 길 오시느라 수고하셨군요! 저기 소파에 앉읍시다. 아들에게 그간의 자초지종을 들어 알게 되었습니다. 앞으로 좋은 인연으로 아들을 잘 보아주세요."

"아닙니다. 아버님, 어머님 절부터 받으셔요!"

아야코와 병길이 함께 절을 한다.

"내일 저녁에 일본으로 가신다니 여기서 주무시고 쉬어 가셔요. 음식을 준비하였으니…."

"어머니, 감사합니다."

병길은 어머니가 음식을 차릴 동안 집구경을 시켜준다. 차례로 돌아보며 '여기는 안방 부모님용, 여기는 내가 쓰는 서재, 여기는 내 방, 옆에는 옷방과 샤워실 등등' 안내한다. 아야코는 병길의 방을 다시 둘러보며 병길의 가슴에 안긴다. 아야코는 가벼운 키스를 하며 귓속말로 말한다.

"고마워요? 병길 씨."

음식 차림을 마무리한 병길의 어머니 목소리가 들린다.

"아들, 오세요. 저녁 먹게요!"

"아야코, 식탁으로 갑시다. 음식이 차려졌나 봐요!"

아야코는 식탁으로 다가와 의자에 앉기 전 부모님께서 자리에 앉는 것을 보고야 자리에 앉았다. 병길 아버지는 혼잣말한다.

"음, 되었네."

"아야코, 많이 먹어요, 차린 게 없어서…."

"아닙니다. 어머니. 진수성찬인데요!"

병길 어머니가 아야코에게 궁금한 것이 있는지 물어보기 시작한다.

"그래. 일본에 가족은?"

"부모님 내외분, 그리고 소녀 외동딸입니다."

"그래, 가족이 다복하시군요?"

저녁을 함께한 병길의 부모님은 설거지를 마치고 밀양으로 돌아갈 준비를 한다. 밀양에 농장을 하고 있어서 일이 많으신 관계로 거의 밀양에 계시기 때문이다. 병길의 아버지와 어머니는 길을 나서며 아야코에게 인사한다.

"아가씨. 잘 쉬었다 가세요!"

"아버님, 어머님, 감사합니다. 조만간 또 찾아뵙겠습니다. 밤길 조심히 가십시오. 운전 조심하세요!"

병길은 부모님을 배웅해 드리고 집으로 올라와 거실에 앉으며

"아야코, 땀 났을 텐데 씻으시죠?"

아야코는 숙소에서 챙겨 온 소지품을 가지고 욕실로 향한다. 샤워기를 틀어 머리에 물폭을 하는데 왠지 푸근한 마음을 가슴 가득 느낀다. 병길은 서재에서 과거의 우리 역사와 일본의 역사, 동북아 역사책을 들여다보며 아야코와 연관시키니 마음이 찡해 온다. 그러면서 우리가 지금 만난 것도 이러한 역사의 흐름 속에 파생된 산유물이라는 것과 정신세계에서도 통용된다는 것에 또 한 번 놀란다. 그러면서 일본의 진정한 사과와 반성이 전제된 한일간의 미래지향적인 번영을 바라는 마음이다.

아야코는 언제 씻고 나왔는지 손으로 병길의 어깨를 툭 치면서 말한다.

"뭘 보시는 거지요? 아! 역사책을 보시는군요?"

병길은 책을 덮으며 아야코를 가슴에 안아본다.

"아파요. 살살…. 얼른 씻으세요!"

병길은 욕실로 들어가며 아야코에게 말한다.

"집 구경하고 있으세요?"

아야코는 방금 서재에서 병길이 본 역사책을 펼친다. 책 안쪽 표지에 '경남고등학교 역사 선생님 최병길 귀존'이라고 쓰여있다. '아! 이분이 역사 선생님이었구나!' 아직 서로의 직업에 관하여 이야기를 깊이 나눈 적이 없었다. 그러면서 주방 싱크대로 가본다. 깨끗하게 정리 정돈된 것을 보고 이 집안이 의지가 가득 보였다. 씻고 언제 나왔는지 병길이 아야코에게 다가간다.

"아야코, 주방에서 뭘 하시죠?"

"너무너무 정돈이 잘 되어 있어, 앞으로 어머님께 많이 배워야겠다고 생각하고 있었습니다."

"하하, 벌써 며느리가 된 듯합니다."

"아이! 몰라~ 병길 씨! 놀리고 있어. 지금,"

그러면서 병길에게 안긴다. 아야코 머릿결에서 라일락 향기가 풍긴다. 안은 채로 병길의 방으로 향한다.

"일본에 가기 전 병길 씨와 함께 밤을 보내게 되어 너무나 기쁩니다."

아야코와 병길은 사랑으로 밤을 보냈다. 병길은 일찍 일어나 난생 처음 여성과의 관계가 새로웠다고 여긴다. 창문에 먼동이 밝아오고 아야코는 아직도 새근새근 숨소리를 내며 잠을 자고 있다. 병길은 서재로 가 오늘 수업할 자료를 준비한다.

어젯밤 아야코가 물었다. '역사 선생님이냐고?', 나는 '그렇다.'라고 했다. 아야코는 일본에서 아버지가 운영하던 기업을 물려받아 사업을 하는 물류 사업가라 한다. 미처 서로의 직업을 물을 기회도 없었는데 서로 잘 설명이 되었다.

아침이다. 주방에 가 어제 어머니가 준비하여 둔 북어국이랑 반찬을 차려놓고 아야코가 일어나기를 기다리며 창문을 열어보니 가까이 낙동강이 보이고 저 멀리 신어산이 보인다. 강 둔치엔 새들도 아침을 구하는지 어지럽게 날고 있다. 아야코가 등 뒤에 와 병길을 두 손으로 안는다.

"아야코, 빨리 일어났군요? 잘 잤어요?"

아야코는 대담 대신 뒤에서 병길을 힘주어 안으며 왼뺨에 키스를 한다.

"아야코, 어머니가 준비해 준 음식으로 아침을 먹읍시다. 다차려 놓았어요. 밥이랑 국만 뜨면 되니 여기 앉으세요?" 하며 의자를 빼 준다.

"남자가 차려준 밥 처음 먹어봐요?"

"앞으로 종종 그리할까요?"

"그럼, 좋아요. 내가 잘할게요!"

"아야코, 아침 먹고 난 학교에 출근했다가 점심시간 맞추어 조퇴하고 올게요. 그동안 여기 머물며 쉬어요?"

"네. 그리할게요!"

"그럼, 다녀오겠습니다."

현관 쪽으로 가며 인사를 하는데 아야코가 비뚤어진 넥타이를 바로 잡아준다. 배웅하러 현관문 쪽으로 간다.

"병길 씨, 잘 다녀오세요!"

"혹시 누가 초인종을 누르면 열어주지 마요. 여기 구멍으로 확인하고 부모님 외에는 열지 말라고. 알았지요."

"어쩜 이렇게 자상하실까요? 누굴 닮으셨나요?"

"오늘 내가 먼저 비행기를 타는군. 하하하!"

그러면서 키스를 한 번 쪽~하고 현관을 나선다. 아야코는 병길을 배웅하고 지난밤 열기를 식힐 겸 욕실로 들어간다. 샤워기 물폭에 머리를 감는데 긴 머리가 찰랑거리며 바람을 일으킨다. 보디로션 거품을 내며 병길을 '고마운 분'이라 생각한다.

아늑함을 즐기며 몸을 닦고 알몸으로 한 손에 수건을 들고 거실로 나오는데 전화가 따르릉 하고 울린다. 깜짝 놀라 쥐었던 수건을 바닥에 떨어뜨리고 망설이며 받지 않았다. 얼른 방에 들어가 옷을 챙겨 입고 다시 거실로 나오자 더 이상 전화벨은 울리지 않는다.

## 역사 수업

 아야코는 거실 소파에 비스듬히 기대어 병길의 방에서 가져온 역사책을 보고 있다. 지난밤 병길이 읽고 있던 그 책이다. 제목이 『동북아시아 어제와 오늘』이라는 책으로 읽다가 보니 병길이 밑줄 친 곳이 있었다.

 일본의 조선 식민 지배 부분, 조선의 국모인 명성황후를 시해한 부분도, 아야코는 자기가 한 것은 아니지만 한 사람의 일본 국민으로서 그 자리에 일어나 두 무릎을 꿇고 세 번 절을 하며 진솔한 참회를 마음과 행동으로 표한다. 자신의 먼 조상이 도요토미 가의 직계 후손이란 것을 생각하며 한국 국민에게 마음으로부터 조상을 대신하여 참회의 절을 올렸다.

 그리고 읽던 책을 가슴에 감싸며 지난밤 피곤하였던지 스르륵 잠이 들었다. 병길은 학교에 출근하여 싱글벙글하며 수업하기 위해 3학년 1반 교실로 들어가니 학생반장 김창식이 인사를 한다.

 "차렷! 선생님께 경례!"

 "선생님, 안녕하십니까?"

 "그래, 친구들, 일요일 잘 보냈습니까?"

 "네, 선생님!"

"그래, 수업 시작하자, 그런데 오후 수업은 고경아 선생님이
할 거니까 말썽 없도록 한다. 알겠나?"

"네, 선생님, 좋은 일 있으신가요?"

"그래, 그렇게 보이냐?"

"네. 들어오실 때부터 싱글벙글하시며 오셨잖아요!"

"그래, 맞다. 아마 선생님이 결혼할 것 같구나."

"와! 박수! 그럼, 그렇지."

"자자, 수업하자, 오늘은 지금 일어나고 있는 국제정세에 동
북아 부분을 살펴보도록 하자. 동북아의 여러 나라가 얽힌 사
실들이 지금까지 해결되지 못한 여러 문제가…."

점심시간 종이 울린다. "딩동댕!"

"반장, 창식아!"

"네, 선생님."

"오후 수업, 잘 부탁한다. 고경아 선생님 놀려서 울리지 마
라. 저~ 저놈들 때문에 걱정된다."

병길은 반장의 왼편 학생들에게 손짓을 하며 웃어준다.

"네, 잘 정리하여 수업 들도록 하겠습니다."

"그래그래. 고마워, 가서 점심 맛있게 먹어라."

병길은 교무실로 돌아와 정리하고 고경아 선생님에게 수업
을 부탁드리고는 교감 선생님께 인사를 하고 나온다. 뒤에서
고 선생이 응원의 말을 한다.

"잘해 보십시오." 하자 교감 선생님도 손을 흔들며 한마디 거
든다.

"그래, 장가가면 구속이지."

병길은 교무실을 나와 주차장으로 가는데 한 무리의 학생들이 한구석에 몰려있다. 다가가니 건장한 한 학생이 쳐다보면서 건방진 말투로 말한다.

"뭡니까?"

병길은 '이것 봐라.' 어이없어하며 묻는다.

"몇 학년이냐?"

교복의 명찰을 보니 병길의 학교 학생이 아니다. 병길은 한 학생을 두고 폭행을 했는지 그 학생의 코에서 피가 나고 있었다. 바닥에는 지폐도 널려 있다. 사실 병길은 유도 유단자다. 건장한 학생이 계속 건방지게 말한다.

"마, 그냥 가소!" 하며 손을 뻗쳐 오길래 손목을 꺾어 무릎을 꿇렸다. 주변 또래 친구들이 최병길을 경계한다. 그리고 학생 명찰을 잡아당겨 호주머니에 넣고 학생에게 강하게 말하며 전한다.

"나는 이 학교 역사 선생 최병길이다. 너희는 우리 학교 학생이 아니니 내일 너희 담임선생님 모시고 명찰을 찾으러 와라. 이 명찰은 분실신고 하여야 만이 다시 재발급받을 수 있다는 것 알고 있다. 아마 재발급받으려면 믿을 만한 사유가 있어야 할 거야!"

물러나 있던 학생들은 그 소리를 듣고 줄행랑을 치고 폭행당한 학생은 엉거주춤 서 있다. 병길은 가지고 있던 손수건을 학생에게 건네며 타이르듯이 말한다.

"학생, 괜찮은 거야? 그래 명찰을 보니 우리 학교와 가까운 고등학교네, 앞으로 태권도를 하든지 유도를 하든지 해. 스스로 자기방어를 할 줄 알아야 한다."

병길은 뜯어낸 명찰을 확인하고 이웃 고등학교 교무실로 전화를 한다.

"뚜~ 뚜~ 찰카닥."

"○○고등학교 교무실입니다."

여성분 목소리가 들린다.

"네, 저는 경남고등학교 역사 선생 최병길이라고 합니다. ○○학교 교무실 여성분은 누구신지?"

"네, 무슨 일로 그러시는지요?"

"아 네, 다름이 아니라 3학년 3반 담임선생님과 통화를 하고 싶습니다."

전화 받은 여성분은 누군가를 부르며 전화를 돌린다.

"최지원 선생님, 전화 받아보시지요?"

그 선생은 가까이 오며 전화 받은 그 여성분에게 말한다.

"김 선생님, 누구신가요?"

"아, 최 선생님, 이웃 고등학교 최병길 선생님이라 하시는군요."

아름다운 여성분 목소리가 전화음 속으로 들려왔다.

"여보세요. 전화 바꿨습니다."

"최지원 선생님. 안녕하십니까? 저는 경남고등학교 역사 담당 최병길 선생입니다."

"네, 어찌? 저의 이름을?"

"방금 전화음 속에서 존함이 들려와서 알게 되었습니다."

"아! 네! 그런데 무슨 일로 저를?"

"방금 선생님네 학교 학생들이 우리 학교 주차장 담벼락에서 한 학생을 폭행하고 현금을 갈취하는 것을 제가 발견하여 단속하였습니다. 그리 알고 처리하여 주십시오. 그리고 폭행한 학생의 명찰을 제가 뜯어서 갖고 있습니다. 이름이 박형준입니다. 잘 지도하여 주십시오."

"네, 알겠습니다. 선생님, 감사합니다."

그렇게 연락하고 이야기를 마친 후 전화를 끊는다.

병길은 조금 전 통화한 ○○고등학교 여선생의 전화음 목소리가 물방울 떨어지는 소리 같은 맑은 음성에 '귀가 즐겁다. 시원스럽다'라고 생각하며 발길을 옮긴다.

## 집으로 가며

　병길은 주차장으로 가 흰색 G4 렉스턴을 타고 시동을 걸어 출발한다. 집으로 출발하며 아야코에게 전화를 건다. '삐리릭 ~ 삐리릭' 아야코 전화기가 울린다. 아야코는 기다렸다는 듯한 반가운 목소리로 받는다.

　"병길 씨!"

　"아야코, 곧 도착할 것이오."

　아파트에 도착해 집 앞에서 "딩동~" 하고 초인종을 누르니 아야코가 문을 열어준다.

　"아니, 사람 확인도 안 하시고 문을 열어주시면 어떡해요?"

　"알았어요. 부모님께서 오셨어요!"

　"아니, 아버지, 어머니. 연락도 없이 바쁘지 않으셨나요? 집에 농장 일은?"

　병길 어머니가 "무슨 소릴. 집에 손님이 와 계시는데, 와야지! 집에 전화하니 전화를 안 받아서 아무도 없나 하고 왔는데 마침 아가씨가 있더구나."

　"어머니, 감사합니다."

　병길 아버지가 말을 거들며 말한다.

　"그래, 이제 점심을 먹도록 하자, 나가서 먹자고 하니 아가씨가 너의 엄마 음식을 먹겠다는구나.”

“어머니 음식이 바로 한국입니다. 제맛이지요.”

“얘가, 얘가. 아주 날 비행기를 태우는구나!”

“아니에요! 어머니 음식이 최고예요!”하고 아야코가 덧붙여
말한다.

“아니, 병길 아버지는 벌써 저 애 편을 드시는군요!” 하며 웃
자 아야코는 부끄러워하며 얼굴을 감싼다. 식탁으로 자리를 옮
기며 병길 아버지가 말한다.

“자, 함께 들자고. 당신도 오시구려. 아가씨, 어서 드시구려.
시장하겠다.”

“아버지는 벌써 아야코에게 점수 따시나요?” 하면서 병길도
웃는다.

“병길 씨, 그런 말이 어딨어요?” 하면서 아야코는 눈을 흘긴
다.

“웃자고 하는 이야기입니다.”

모두 함께 웃는다.

점심을 먹은 후 아버지께서 아직 시간이 있으니 밀양 농장에
가자고 하신다. 이에 아야코는 신이 난 것처럼 환호한다.

“와! 좋아요! 병길 씨. 가요! 아이 좋아라.”

“아버지, 제가 운전하겠습니다.”

병길 아버지의 차는 체어맨이라 기름을 많이 먹는다. 평소
두 분만 타시다가 네 명이 타니 차체 무게와 함께 차가 잘 나간
다. 고속도로 요금소를 나와 우회전하여 국도로 한 20분 거리
다.

"자, 도착했습니다. 내리세요."

"내가 대문을 열 테니 차를 마당에 주차해."

"네, 아버지."

아야코는 차에서 내려 병길 어머니를 뒤따라가며 보게 된 농장 모습을 칭찬한다.

"어머니, 농장이 아름다워요!"

그 말을 들은 병길 아버지는 농장 자랑에 여념이 없다.

"여긴 블루베리, 저긴 사과밭, 저 옆은 자두밭, 저 아랜 호수가 있지, 텃밭도 있고….."

"아버님, 공기가 너무 좋아요! 녹음이 우거져 자연이 싱그러워서 더 좋아요!"

"여긴 도시가 가까운 시골풍이라 어린이들 교육 환경도 좋은 곳이지요!"

병길 어머니는 손에 광주리를 들고 나오시며 말하자 아야코는 의아해한다.

"저녁에 먹을 상추쌈을 준비해야겠다."

"어머니, 지금 뭐 하시게요?"

"상추와 쑥갓을 좀 뜨려고. 싱싱한 채소가 먹거리에는 일품이지. 저녁 일찍 먹고 공항에 가요!"

"어머니, 여러모로 감사합니다."

병길이 어머니에게 말을 건다.

"어머니, 풋고추도 좀 딸까요?"

"아니, 네가 어쩐 일이냐? 해가 서쪽에서 뜨겠소?"

"어머니, 아야코 앞에서 아들 핀잔을 주십니까?"

아야코는 그 모습이 재미있는지 활짝 웃는다.

"호호호. 그러게, 평소에 좀 잘하시지, 그랬어요?"

"와! 오늘 어퍼컷으로 맞는군요!"

"자, 안으로 들어갑시다." 하는 아버지의 말에 모두 집 안으로 들어간다. 아야코가 신발을 벗고 거실로 들어서며 말한다.

"병길 씨, 마음을 읽을 수 있겠군요? 그야말로 감성의 정서가 피어나는군요."

"아버님께서 관세청장 공직에 계시다가 퇴임 후 이 별장 농장을 하나 장만하여 노후를 자연과 더불어 하고 싶어 하셨어요."

"잘 되셨네요. 얼마나 힘드셨으면 공직 생활이 모두가 피곤한 일이긴 하지만, 많은 이들의 목민관으로 잘해 주시면 서민들은 마음 편히 생업을 하실 수 있지요."

"아들! 아야코! 이제 식탁으로 오세요. 밥 먹읍시다!"

"어머니, 진수성찬입니다. 부침개도 있고, 잘 먹겠습니다."

저녁을 먹은 뒤 아야코는 병길과 함께 아버지와 어머니의 배웅을 받으며 공항으로 가고 있다. 다행히 차가 밀리지 않는다. 이른 시간에 도착한 공항의 일본행 게이트에 사람들이 붐빈다. 병길은 아쉬운 듯 말한다.

"이제 가면 언제 오려 하오?"

"가지 말까 보다. 호호호. 다음 달에 오겠습니다. 전화를 드리고…."

병길이 "가만히 있어요?" 하면서 이마를 때린다.

"뭐예요? 힝!"

"아니, 아야코, 이마에 모기가 붙어서. 나쁜 놈 같으니라고. 어디 감히 귀한 분 피를 함부로⋯. 흡혈귀를 잡았다니깐. 이것 봐봐. 피잖아. 아야코 것이라고."

"난, 또. 감사해요! 그리고 사랑해요!"

그렇게 아쉬움을 달래는 사이 공항 내 탑승 안내 방송이 들린다. 아야코가 비행장 안으로 들어가며 손을 흔든다. 병길도 손을 흔들고 손바닥을 입에 대었다가 날리며 아야코에게 던진다. 공항은 사람들이 많아 금세 인파 속에 파묻히는 아야코를 뒤로 하고 병길은 로비를 걸어 나온다.

영혼의 바람

보우

# 4 부

## 무산 스님을 찾아뵙다

무산 스님을 찾아뵙다
아야코 부모와 만나다
이모를 찾아서
3학년 1반의 의리
롯데호텔 VIP 룸
밀양 부모님께로
위령제 날을 잡다
다시 밀양 집에서

## 무산 스님을 찾아뵙다

병길은 아야코를 배웅하고 집으로 왔다. 병길의 부모님과 함께 앉아 이야기를 나누고 있다.

"아들, 아가씨 자세가 바르더라, 요즘 보기 힘든 처자더구나?"

"아버지, 어머니, 감사합니다. 두 분 늘그막 효도를 다 하겠습니다."

그 말에 병길의 부모님은 흐뭇하신지 한마디를 한다.

"우리 아들, 고마워, 그리고, 내일 누나 내외가 온다는구나, 어서 씻고 쉬어라."

"네, 아버지, 어머니, 편히 주무십시오!"

다음 날 아침 병길 어머니는 주방에서 아침을 준비한다. 아버지는 거실에서 신문을 보고 있다.

"아버지, 어머니 안녕히 주무셨어요?"

"아, 아들도 잘 잤어? 많이 피곤하지?"

"아닙니다. 자고 일어나니 괜찮은데요!"

그러면서 주방으로 가 엄마를 등 뒤에서 끌어 안아본다.

"다 큰 사람이 왜 이러실까? 나중에 장가가도 이럴 거야?"

병길 어머니는 싫지는 않은 표정이다.

"아야코가 질투할까요?"

"늙어도 여자는 여자야, 조심하세요! 자, 아들, 밥 먹자. 어서 씻고 오렴. 여보~ 아침 드시지요?"

"아이코, 그러겠습니다. 여보, 오늘 일정이 바쁘시오?"

"아니, 왜요? 무슨 일 있으세요?"

"아니 시간이 되면 오늘 감천마을의 관음정사에 가보려고 그러지. 아직 한 번도 뵙지를 못해서 말이우."

"아~ 네, 그래요, 가십시다. 가서 스님께 인사드리기로 해요."

"당신도 그렇게 생각되오? 그래, 고맙소?"

병길은 씻고 나오며

"아, 시원해, 아버지, 물이 아주 차군요?"

"지하수 물이라 많이 차가울 거야. 어서 밥 먹자, 그런데 아들 오늘 바쁘니?"

"오늘 밤에 당직입니다."

"그러면 아들, 오늘 절에 스님 뵙고 와야겠다. 자네가 안내하게나."

"네, 그러겠습니다. 제가 모시겠습니다. 아버지!"

식사를 마치고 병길은 나갈 채비를 하러 방으로 올라가 있다.

"아들! 아직 멀었니? 절에 가야지!"

"예, 어머니, 곧 내려가요? 아버지, 제가 운전하겠습니다."

"그래, 오냐, 키 여기 있다. 천천히 가보도록 하자."

아버지의 애마 체어맨이 천천히 움직인다. 밀양 요금소를 지나 고속도로를 미끄러지듯 달리며 점심시간이 지나서 절에 도착했다. 감천 문화마을이라는 세계적인 관광지를 품고 있는 사찰 대웅전에 참배부터 한다. 그리고는 스님을 뵙고 인사를 드린다. 무산 스님께서 합장으로 반기면서 병길의 아버지를 바라보며 말한다.

"어서 오십시오! 청년은 아주 건강한 부모님을 두었군."

병길 아버지는 그 말에 어색하게 말한다.

"스님, 과찬이십니다. 스님께서 아주 좋은 배필을 소개하여 주셔서 감사드립니다. 큰스님께 절 삼배 올리겠습니다."

"아닙니다. 무슨 염치로 삼 배를 받겠습니까? 일 배만 합시다."

가족 모두 함께 스님께 일 배를 올린다. 그리고는 자리에 앉아 이야기를 나눈다.

"자제분께서 아가씨와 전생의 숙업으로 만나게 된 듯합니다."

때마침 통장이 들어선다.

"스님, 안녕하십니까?"

"오! 통장님, 어서 오십시오!"

"손님이 계시는군요? 응, 아니! 청년은···."

"그래요! 여기 계시는 분은 청년의 부모님 되십니다."

"아, 그러시군요! 아주 건실한 자제분을 두셨습니다."

병길 아버지가 통장을 보며 어디선가 본 듯한 얼굴로 여겨져 궁금한 듯이 묻는다.

"혹시, 통장님, 고향을 물어봐도 될까요?"

"네, 저 밀양, 초두면 봉황리 광동입니다."라고 말하자

"그럼, 중배, 김중배하고는 어찌 되시오?"

"저의 백씨입니다."

"그럼 자네가 성배인가? 내가 자네 형님하고 고등학교 동창 아이가?"

통장은 놀라며 "아이고, 형님! 못 알아뵈어 송구합니다."

"아니네, 그럴 수밖에 없지. 나도 고향을 일찍 떠나 외지에 있었으니까. 이해 하네! 병길아. 인사드려라. 내 고향 동생이다."

병길은 일어나 정식으로 인사 올린다. "최병길입니다."

통장은 인사를 받으며 "형님, 이런 인연이 다 있습니다. 그려."

스님도 한마디 거든다. "정말 보기가 좋습니다."

병길 어머니도 신기하다는 듯이 반기면서 인사를 한다.

"세상에나! 반가워요? 도련님! 몰라뵈어 죄송합니다."

"아닙니다. 형수님, 오히려 제가…." 하면서 머리를 긁적이는 통장은 병길을 쳐다보며 말한다.

"그래, 병길 군, 잘 되어 가는가?"

"네, 덕분에 보름 전 부모님께 인사를 드렸습니다."

"잘 되었군요!"

무산 스님도 "잘 되었어요."라고 하면서 이어 말한다.

"통장님! 이 청년과 아가씨를 어떻게 주선할까요? 청년 부모님과 통장님이 계시니 소납 한 가지 제안을 올리겠습니다. 영가와 관계된 것이니 합동 위령제를 지내는 것이 어떨까요? 마을의 안녕과 한일 국가 간의 문화 정신 교류를 내세워 과거사의 참회와 상생의 정신으로 삼았으면 합니다. 그래야 이 젊은 두 분뿐만 아니라 모두가 아름다운 불심으로 삶을 살게 되길 기원하게 되겠지요. 소납의 제안이 어떻습니까?"

병길 아버지는 좋은 제안이라 여기며 화답한다.

"스님, 그것 참 좋으신 제안입니다. 소인 동참하겠습니다. 스님께서 날을 잡아주시면 감사하겠습니다. 스님! 오늘은 이만 물러가겠습니다."

"아이고, 벌써 시간이 이렇게 되었군요!"

병길과 부모는 서로 두 손 모아 합장 인사하고 절에서 나와 집으로 돌아가는 길 여담을 나눈다. 아버지가 먼저 입을 뗀다.

"아들, 스님께서 참 인자하시더구나, 평생 잘 모셔라. 무서운 분이시다."

"네, 아버지. 그리하겠습니다."

밀양집에 도착한 병길 어머니는 아들에게 말한다.

"아들, 오늘 피곤할 텐데, 푹 쉬어라."

## 아야코 부모와 만나다

아야코가 출국한 지 3주가 지난 어느 날, 아야코가 화명동 병길의 집으로 찾아왔다. 그것도 아야코 부모님 내외분을 모시고 소리 없이 왔다. 당황한 병길은 아야코에게 묻는다.

"어떻게 된 겁니까?"

"빚 갚았어요! 저의 아버지, 어머니랍니다."

병길은 당황하며 엉겁결에 인사한다.

"네, 저~ 최병길이라고 합니다."

장난기 어린 아야코를 보며 병길은 멋쩍어한다.

"그러기예요? 아이. 참~ 나~"

"어르신, 앉으십시오. 절 올리겠습니다."

아야코와 함께 정중하게 절을 올리며 예를 다한다.

"그래, 난 이토오 하야시고, 여기 안 사람은 요미코라 하네. 내 딸을 보듬어 주어 감사하네."

"아닙니다. 염치없습니다. 귀한 영애를….."

요미코는 아야코의 이야기를 듣고 기뻤다고 말한다.

"오히려 저희가 더 감사해야지요! 이렇게 미남 청년인 줄….."

"과찬의 말씀입니다. 많이 부족합니다. 앞으로 많은 가르침을 주십시오."

"이렇게 겸손할 수가 있나. 마음에 드오. 아야코! 앞으로 잘 내조하여 드려라."

"아버지, 감사합니다. 이해해 주셔서 고맙습니다."

병길은 어르신에게 인사를 드린 후 갑작스러운 오늘 사정을 학교에 전하기 위해 자리를 옮긴다.

"실례하겠습니다. 잠깐 학교에 전화를….."

병길은 학교 교무실에 전화해서 오늘 일본에서 손님이 와 출근을 못한다고 교감 선생님께 말씀드린다. 이에 대해 교감 선생님은 이해한다고 답하며 말한다.

"그래요, 최병길 선생님. 걱정하지 마세요. 고경아 선생님께 수업을 맡기겠습니다. 저기! 고경아 선생님, 오늘 3학년 1반 수업 좀 부탁합니다."

"교감 선생님, 미안합니다."

"최병길 선생님, 그때는 다 그래요. 걱정하지 마시고 손님 잘 모시길 바랍니다."

병길이 이어서 고경아 선생님께 전화한다.

"고 선생님, 저희 반 수업 좀 부탁합니다. 아이들 별나지요?"

"아− 네, 잘 알겠습니다. 아니요. 귀엽던데요."

"감사합니다. 고경아 선생님!"

병길은 손님이 계신 자리로 돌아온다.

"실례했습니다. 손님을 모셔 놓고 결례를 범합니다."

"아닐세. 바른 경우는 내가 존경하는 바이네."

"아버님, 이해해 주셔서 감사합니다."

"병길 씨, 저 아야코는 오늘 조금 있다가 부모님과 일본으로 돌아갑니다. 일본에 일이 있어 위령제 날짜가 잡히면 그때 아버지, 어머니 양가 인사하기로 해요. 며칠 있다가 다시 올게요. 그때 이모님도 뵈러 갑시다."

"병길 씨, 부담 갖지 마시고 일 보세요? 그리고 아버님, 어머님께는 비밀. 알죠?"

"그래도 이렇게 왔다가 금방 가신단 말이에요? 아야코!"

아야코 아버지가 약간 미안한 듯이 말을 거든다,

"미안하네, 거래처 물류 관계로 왔다가 온 길에 병길 군을 보고 가려고 왔네. 이 다음에 보세. 시간이 많으니. 나올 것 없다네. 밑에 차가 대기하고 있네."

"아, 네. 대기하고 있는 차량까지 배웅하겠습니다."

"하하, 그래 주겠나? 친절하기도 하지…. 아야코! 내려가자."

"어르신, 아무런 대접을 못해 송구합니다."

"아니야, 아니야. 우리가 사정이 있어 그런 걸. 마음은 고마워. 그럼 잘 있게. 병길 군!"

병길은 90도로 고개 숙이며 인사한다.

"그럼, 안전하게 다녀가십시오."

아야코는 "갔다가 곧 오겠습니다. 병길 씨!"라고 해맑게 말하며 길을 나선다. 병길은 아야코 부모님을 아파트 입구에서 배웅해 드리고 아파트로 다시 올라가기보다 나온 김에 밀양으로 가야겠다고 마음먹고서는 G4 렉스턴이 주차된 곳으로 가 밀양으로 차를 운전해 간다.

## 이모를 찾아서

오늘따라 차창 밖 바람이 싱싱 소리를 내며 지나친다. 아침에 한차례 회오리바람이 지나간 뒤라 그런지 마음마저 뒤숭숭하다. 병길은 이런저런 생각을 하다가 '잘 되었다 싶어 이왕 나온 김에 아버지와 어머니를 모시고 요양원에 계신 이모님을 뵈러 가야겠다'라고 마음을 추스른다. 밀양 집에 도착해 마당에 주차하고 현관으로 들어가며 인사한다.

"어머니, 아버지, 저 왔습니다."

"아니, 아들, 어쩐 일이냐? 오늘 출근 안 했니?"

병길은 오늘 아침에 아야코 부모님이 왔다 가셨다고 말하지 못한다. 아직은 때가 아니라고 여긴 때문이다.

"아 네. 볼 일이 있어 오늘 월차 내었답니다. 어머니! 아침 드시고 이모님 뵈러 갑시다."

"그래, 안 그래도 갈려고 했는데 잘 되었구나. 농장에 아버지 모시고 오너라."

"아버지가 농장에 계시나 보죠?"

"새벽에 나가 지금까지 안 오신다. 배도 안 고프신 건지?"

"그럼, 제가 모시고 오겠습니다."

병길은 아버지를 모시러 농장으로 가면서 요양원에 계신 이모님을 떠올리며 생각해 본다. 생각에 빠져있는데 병길 아버지가 먼저 병길을 보며 말을 건다.

"아니, 아들, 이 시간에 어쩐 일이냐?"

"아버지, 아침진지도 안 드시고 이러실 줄 알고 체포하러 왔습니다. 바로 가시죠."

"껄껄, 그려 아들에게 언제라도 체포되어 주지. 가자꾸나."

"참, 아버지도!"

현관에 들어오기 전 병길 아버지는 흙 묻은 호미를 물에 씻어 뚝담에 걸어둔다. 정리 정돈을 잘하시는 성품 그대로다.

"어머니! 아버지 모시고 왔어요?"

"당신은 배가 고프지도 않으셔요? 새벽에 나가서 지금까지. 건강 좀 챙기세요!" 하며 핀잔을 준다.

병길 아버지는 식탁에 앉으며 너스레를 떤다.

"어부인, 걱정 끼쳐 드려 미안하외다."

"아버지, 식사 드시고 이모님께 가시죠? 찾아뵙고 싶어요."

"그러자꾸나. 안 그래도 암탉이 가자는데 내가 미뤄왔지. 가자." 아침 식사가 끝나고

병길은 아버지 애마를 주차장에서 몰고 나와 물 호수로 먼지를 씻어 내었다. 부모님은 "오늘 아들과 함께 요양원에 가니 이모님이 많이 좋아하겠다."라고 말한다. 병길은 부모님을 모시고 요양원이 있는 부산으로 차를 운전해가며 궁금한 걸 묻는다.

"아버지, 어머니, 과거의 이모님에 대해 상세한 이야기 들은 것 있으세요?"

"이모가 정신대로 간 것밖에 모르지. 이후에는 이야기 들은 바 없으니 말이야. 우리를 만나면 언제나 필리핀에 가고 싶다는 말만 한단다."

"어머니, 오늘 이모님 외출 시간을 좀 길게 해 주시죠? 맛난 것도 대접하게요."

"그래 그러자꾸나, 불쌍한 내 동생. 생각만 하면 늘 가슴이 메인다."

"참, 어머니! 누나 내외는 다녀가셨어요?"

"응, 온다고 했는데 사정이 있어 못 온다네. 다음에 시간을 보아 연락한다나, 어쩐다나. 그리되었어."

"왜? 누나 가정에 무슨 문제가 있나요?"

"말 말아. 자네 누나가 말하는 사람이 아니지, 속이 깊어 저러다 병 생기지. 아이고."

"당신은 참, 아이에게 쓸데없는 이야길 왜 하오?"

밀양 집에서 출발해 1시간 10분을 달려 성분도 병원에 갔다. 어머니는 병원 원무과에서 정신병동 요양원 환자 면회 및 외출 신청을 한다. 조금 있으니 건장한 남자 직원이 다가와서는 환자 이름이 "최말자인가?"라고 묻는다. 신분 확인 절차로 여겨졌다.

"네, 그렇습니다."라고 하니 "환자와의 관계는?" 하고 묻는다.

"언니 됩니다."라고 하자 그 직원은 "아~ 예! 10분만 기다려 주십시오." 하며, 외출하면 오후 3시까지는 입실해야 한다고 일러주었다. 그리고는 면회실에서 기다리라고 하였다. 조금 있으니 깨끗한 정장을 차려입은 이모님이 나오셨다. 희미하게 웃으시며 "언니~" 하며 달려온다.

"그래, 말자야, 아이고 내 동생아. 잘 지냈니? 밥은 잘 먹는 거야?"

"응. 언니. 말 잘 듣고 있어. 선생님들이 무서워 죽겠어….."

"응. 그랬어? 언니가 뗐지, 해 줄까?"

이모는 어린아이처럼 말을 한다.

"아니야, 뗐지, 하면 아프잖아. 싫어! 가만히 보자. 야가 병길이 조카제?"

병길을 알아보는 이모에게 인사한다.

"이모님 안녕하세요? 제가 병길입니다."

"말자야, 잘 봐라. 어찌, 형부랑 닮았니?"

"어디 나랑 많이 닮아 있어요? 처제!"

"응. 처음엔 형부인 줄 알았잖아. 병길이가. 멀리서 보는데 똑같데. 발걸음까지….."라고 하는 이모의 말에 참으로 오랜만에 한바탕 웃었다.

"자, 이제 나가요. 아버지, 어머니! 이모님 모시고 식사하러 가요. 이모님, 무엇을 먹으면 좋을까요? 이 조카가 오늘 제일 맛난 것 사 드릴게요."

"응, 조카, 고마워."

"어머니, 아버지, 이모님, 송도에 있는 송도공원으로 모실게요?"

"그래, 이모님 맛있는 것 드시는 곳으로 가자. 출발하자고."

병길은 송도 해변 길을 돌아 지하 주차장에 차량을 주차하고 부모님과 이모가 차에서 내리는 것을 부축해 드린다. 송도공원 3층 중국관으로 엘리베이터를 타고 올라간다. 바다가 환히 보이는 창가에 앉으며 병길은 메뉴판을 보며 직원을 부른다. 띵~동~!

"네, 손님, 뭘 준비해 드릴까요?"

"네 분 모두 점심 특선으로 준비해 주십시오!"

"네, 손님. 감사합니다. 곧 준비하겠습니다."

"아버지, 어머니, 이모, 점심 특선으로 주문했습니다. 먹거리가 다양하게 나오는 코스라 좋습니다."

"으응, 그래, 잘 되었다. 편식보단 낫지."

음식이 나오기를 기다리면서 창밖을 보니 푸른 바다에 배가 흰 물살을 V자를 그리며 지나가고 있다. 일렁이는 파도 위를 갈매기가 지천으로 비상한다. '역시 바닷가는 바닷가다'라고 바라보며 음미하는 사이 곧이어서 음식이 차례로 나온다. 병길은 오랜만에 이모를 챙기며 자상하게 대한다.

"이모, 이것도 좀 드셔 보세요!"

"아! 맛있어, 조카, 고마워."

"너희 이모가 오늘 음식을 좀 먹는구나. 아들, 고맙다."

"어머니도 참, 당연히 맛난 것 대접해야죠."

"오늘 아들 덕분에 좋은 경치도 보고 잘 먹는다."

그렇게 웃으며 귀한 시간으로 마련된 점심을 나누고 있다.

"아버지, 어머니, 이모, 잘 드셨어요?"

"우리 조카, 최고다. 맛있게 잘 먹었단다."

병길은 음식값을 카드로 지불하고 영수증을 받는다. 송도공원을 나와 태종대를 한 바퀴 돌아 바람을 새고 병원으로 돌아온다. 병길은 이모에게 무엇인가를 물어볼 양으로 부모님께 이야기한다.

"어머니, 면회실에서 이모랑 제가 이야기 좀 하고 들어올게요. 아버지와 어머니는 면회실 밖 등나무 벤치 그늘에 앉아 계세요. 과거 이야기를 동기간에는 못할 수도 있으니깐요. 나중에 제가 들어보고 설명해 올릴게요?"

"아들, 그래 주면 고맙겠네. 너희 이모 한 맺힌 원이라도 풀어 주었으면….."

병길은 아직 한 시간 정도 남은 면회 시간을 기억하고 있었다.

"아직 한 시간 정도 시간이 있군요!"

"형부, 언니, 어딜 가는 거야?"

"응, 편의점 가서 마실 것 사 올게. 병길이랑 이야기하고 있어."

"응, 알았어, 빨리 와."

부모님이 자리를 뜨자 병길은 아주 친근한 목소리와 다정한 눈빛으로 이야기를 하기 시작한다.

"이모님, 조카에게 흘러간 이야기 좀 해 주세요?"

이모는 잠시 뜸을 들이며 망설이다가 입을 떼기 시작한다.

"조카, 이모 필리핀에 좀 데려다주면 안 돼? 사실은 루손섬 북쪽 산타아나 해변 언덕에 이모 아이를 땅에 묻고 왔단다. 해방이 되어 오고 갈 때 없을 때 현지 토속인이 날 돌봐 줬는데 토속인 남편이 날 범했지. 정신대 여자라고 날 하대했지. 임신은 했는데 그 핏덩이는 세상에 나오자 이미 죽어 있는 거야. 그래서 밤새 울며 해변 언덕에 묻어주고 떠돌다가 미군에 발견되어 한국으로 돌아오게 되었어. 그런데 땅에 묻힌 아이가 자꾸 나를 부르는구나. 조카야! 부탁한다. 날 거기로 보내다오?"

"이모님, 어떤 방법을 한 번 찾아볼게요! 필리핀 가는 방법을…."

"사랑하는 내 조카 병길아. 고맙다."

병길 어머니가 이모를 담당하고 있는 마리아 수녀님과 함께 다가오면서 말한다.

"이모야, 벌써 면회 시간이 끝났구나, 여기 마리아 수녀님이 모시러 오셨네!"

"최말자 자매님! 이제 병동으로 들어가실 시간입니다. 오늘 가족과 함께 맛난 것 많이 드셨나요? 즐거우셨어요?"

이모는 "병길아!" 하며 조카를 꼭 안아준다.

"마리아 수녀님! 우리 이모님을 잘 부탁드립니다."

"네, 형제님, 편안한 마음으로 돌아가십시오. 이곳은 모든 환자를 평등하게 잘 보살핍니다."

어머니는 손수건으로 흐르는 눈물을 닦으며 헤어지는 것을 아쉬워한다.

"수녀님, 감사합니다. 말자야, 또 올게."

병길은 그 사이에 병원 공용 주차장에서 차를 빼서는 부모님 앞에 정차를 한다.

"아버지, 어머니, 이제 차 타십시오."

"그래, 아들. 오늘 수고가 많았다."

"자, 그럼. 아버지! 밀양으로 출발하겠습니다."

"오냐! 천천히 가자꾸나."

어머니는 아직도 동생과 헤어지는 것이 마음이 아프신지 연신 손수건으로 눈물을 닦으면서 병길에게 이모랑 둘이 나눈 이야기를 묻는다.

"그래, 이모님이 뭐라고 하더냐?"

"어머니, 이모님을 밀양에 모시면 안 될까요? 이야기하는 것 보니 정신이 바르던데요?"

"나도 그러고 싶지, 왜 안 그러고 싶겠냐? 한 번씩 넘어져 입에 거품을 물고 그러니 안타까울 뿐이다. 필리핀에서 일본군에게서 얼마나 충격을 받았으면 저렇겠냐 싶다. 그래, 밀양에 오겠다더냐?"

"집에 온다는 말은 없었는데 제 생각입니다. 농장에서 좋은 공기 마시고 요양사를 한 분 두시면 안 될까요?"

"가만히 생각해 보니 아들 생각이 고맙지 않소? 여보!"

"고맙지요? 고맙고 말고요!"

병길은 부모님께 말씀드리기 어려워하며 조심스럽게 입을 땐다.

"저~ 저…."

"그래, 안다. 편하게 말하도록 하거라."

"어머니, 이모님께서 필리핀에서 해방되고 오갈 데가 없었는데 현지인 토속민의 유부남에게 성폭행당했나 봐요. 거기서 아이가 생겼는데 헐벗고 못 먹어 아이가 세상에 태어나긴 했는데 태어나자마자 죽었다는군요? 그래서 필리핀 해변 언덕에 묻어

주고 떠돌다가 미군에게 발견되어 한국에 왔다고 하더군요. 그
런데 죽은 그 아이가 자꾸 부른답니다. 그래서 필리핀에 데려
달라고 하는 것이랍니다. 그 이야기를 듣고 저도 남자지만 눈
물이 났습니다. 아이고, 불쌍한 우리 이모님!"

　병길은 이어서 계속 말을 한다.

　"아무리 사회복지도 좋지만, 나라에서나 종교단체에서 잘하
고 있지만 말입니다. 아마 이모는 가족이 그리울 겁니다. 부처
님도 '저 하늘에 있는 태양은 태양을 위해 비추지 않는다.'라고
하셨습니다. 오로지 희생으로 남을 이롭게 한다는 것입니다."

　"듣고 보니 우리 아들 멋있는 아들이다."

　"세상에나, 그런 일이 있었구나. 이런 이야기를 우리에게 어
떻게 하겠니? 동생도 속이 깊어 가지고,…. 병길아! 다음에 감
천 절에 가거든 스님께 의견을 들어보고 협조를 구하는 것이
어떨까 싶다."

　"아들, 나도 그 문제에 있어서는 엄마와 같은 의견이다."

　"네, 아버지, 어머니, 좋은 말씀입니다. 그렇게 하겠습니다.
이야기하다 보니 집에 다 왔습니다."

　"그래, 수고했다. 저녁 먹고 가거라."

　"아닙니다. 화명동 가서 먹을게요. 점심을 잘 먹고 또 늦게
먹었어요."

　"그래그래, 조심해서 가거라. 아들, 고마워."

　밀양 집에서 화명동으로 돌아오는 길은 오늘의 일을 되씹어
보는 시간이 되었다. 집에 도착하니 전화기에 부재중 전화로
녹음된 메시지가 도착해 있었다. 무엇인가 싶어 재생하고는 멍

하니 소파에 앉아 있다. 아야코가 전화로 전한 메시지였다.

"병길 씨, 오늘 미안해요. 제 본마음이 아니었어요, 한국에 볼일만 보고 가려 했는데 아버지가 병길 씨 보고 싶다고 하시길래, '그래도 전화가 있잖아.' 하시겠지만, 아버지가 불시에 보고 싶었나 봐요. 병길 씨 보고부터 아버지 입이 귀에 걸렸어요. '그렇게 좋으냐'라고 하니 이 다음에 당신 사업체를 모두 물려주신다고 하셨어요. 그리고 또 이런 말씀도 하시면서…."

병길은 녹음된 메시지를 모두 듣고 몸을 씻은 다음 마음도 심란하여 자리에 눕자마자 그냥 잠이 든다.

## 3학년 1반의 의리

　다음 날 아침이다. 흘낏 달력을 본다. 오늘은 금요일이다. 병길은 과일 한 접시 우유 한 컵으로 아침을 때우고, 차를 몰고 직장인 경남고등학교로 출근한다. 주차장에 차를 세워두고 교무실로 향한다. 반장 김창식이 최병길 선생을 맞이한다.

　"안녕하세요? 와! 선생님, 오랜만에 뵙습니다."

　"김창식, 못 본 사이 많이 컸구나, 교실에서 보자."

　교무실 내 교감실 앞에서 똑똑 노크를 한다. "네!" 하는 소리를 듣고 문을 열고 들어가 교감 선생님께 인사를 한다.

　"교감 선생님, 감사하고 고맙습니다."

　"아! 최병길 선생님, 얼굴이 훤합니다."

　"모두가 교감 선생님 덕분입니다."

　"그래요. 괜찮아요. 자, 그럼. 오늘도 수고해 주십시오. 참, 월요일이 방학이지요? 수능 보충수업 몇 명이나 접수되었나요? 3학년 1반은 어떤가요?"

　"네, 우리 반은 전체 학생 보충수업하기로 하였습니다. 다른 반과 협조하여 진행하도록 하겠습니다."

　"좋아요. 최병길 선생님, 부탁합니다. 나가보세요. 수업 시간이지요?"

"예, 나가 보겠습니다."

교감실을 물러 나와 자리에 없는 동안 수고해 준 고경아 선생께 고맙다고 인사한다.

"고 선생님, 감사합니다. 수고하셨네요. 별일 없었겠지요?"

"최 선생님, 뭘 알고 싶으세요?"

"아, 네~ 아이들이 좀 별나서."

"최병길 선생님! 3학년 1반 아이들 귀엽긴 한데 치마를 못 입고 오겠어요. 그래서 그 반에 갈 때는 바지를 입고 갑니다. 아휴!"

수업 시작종이 울린다. "딩동댕!"

병길은 교무실을 나서며 고경아 선생께 목례하고 교실로 간다. 3학년 1반 교실 문으로 들어서는데 웬 폭죽이 터진다.

"3학년 1반 학생 전체가 최병길 선생님의 귀환을 축하드립니다."

"야~ 야~ 까불지 말고 수업하자. 참 지난 수업에 고경아 선생님 치마 들춰본 놈 나와라, 일이삼을 세겠다. 일. 이. 삼."

두 놈이 후다닥 뛰쳐나온다. 장난기가 넘치는 말썽꾸러기 두 놈 '우경순과 최태인'이다.

"잘들~ 한다. 무엇이 궁금하더냐. 자, 지금부터 나가서 운동장을 세 바퀴 돌고 들어온다. 알겠나. 출발!"

둘은 말 떨어지기가 무섭게 교실 문을 박차고 후다닥 뛰어나간다.

"너희 한 번 봐라, 저리 뛰고 싶나?"

학생반장 김창식이 생뚱맞게 대답한다.

"예! 선생님! 우리도 뛰고 싶습니다."

"저 의리 봐라. 내가 너희 때문에 산다. 모두 운동장으로 출발!"

병길은 다들 나가고 난 뒤 창문에서 보니 '우경순과 최태인'은 좋아서 팔을 빙빙 돌리고 야단이다. 마음속으로 생각한다. '그래 저 아이들이 좋은 쪽으로 의리라는 도구로 써주길 바란다.' 하면서 병길도 운동장으로 나가서는 따라서 뛴다. 3학년 1반 학생들은 함께 뛰면서 난리다.

"선생님! 고맙습니다! 존경합니다!"

이 광경을 지켜보고 교장 선생님은 손뼉을 친다. 병길은 뛰는 아이들을 바라보며 잠시 멈추게 하고는 구령한다.

"차렷! 교장 선생님께 경례!"

학생들 모두 일제히 부동자세로 경례를 한다. 교무실에서 이를 지켜보고 있던 고경아 선생이 웃음보를 터뜨리는 모습이 보인다.

"자, 이제는 일동! 교실로 집합!"

교실로 들어서니 아이들이 모두 엎드려 있다.

"너희 까불지 말고 일어나라, 너희 마음 읽었으니 됐다. 월요일부터 방학이지? 반장은 보충수업 전체 체크 잘하고 우리 한번 열매를 맺어 보도록 하자. 알겠나?"

3학년 1반 학생 전체가 크게 대답한다.

"예! 최병길 선생님, 그리하겠습니다."

수업 종료종이 울린다. "딩동댕!"

학생들이 우르르 몰리듯이 학교를 빠져나간다. 교무실로 들어서는 병길은 고경아 선생에게 말을 건다.

"고경아 선생님, 학생들이 운동장에 뛰니 그렇게 우습던가요?"

"최병길 선생님! 아이들이 얼차려를 받아 고소했지만, 3학년 1반 전체가 운동장에서 스승과 함께 뛰는 것을 보고 멋있다는 생각이 들었답니다. 정말이요. 멋졌어요."

"참, 선생님도. 고경아 선생님이 그렇게 봐주시니 감사합니다. 혹시 저를 좋아하시나요?"

그 말을 들은 고경아 선생은 갑자기 일어나 눈물을 훔치며 화장실로 달려간다. 병길은 '아차' 하는 생각을 하며 혼잣말을 한다.

"아! 오늘도 한 여인을 울리는구나. 많이 좋아했나 보다. 충격이겠다. 이미 정혼자가 있다는 소문이 났으니. 오죽하오리…."

## 롯데호텔 VIP 룸

　병길은 책상을 정리하고 교문을 나선다. 학교 정문으로 나가 보니 검은 세단이 서 있다. 롯데호텔 운전 기사분이 차에서 내려 문을 열어주며 타라고 한다. 세단이 도착한 곳은 서면 롯데호텔 VIP 주차 공간이다. 기사분이 내려 문을 열어주며 팀장이 나올 거라고 한다. VIP 관리팀장인지는 모르지만 한 아가씨가 다가와서 묻는다. 왜 그러냐고 물으니 아야코라는 분이 보내서 왔단다. 병길은 의아해하면서도 아야코라니 얼른 차에서 내렸다.

　"혹시, 최병길 선생님이신가요?"

　"네, 그렇습니다. 제가 최병길입니다만⋯."

　"저희 호텔을 찾아주셔서 감사합니다. VIP 손님께서 기다리고 계십니다. 모시겠습니다."

　영문도 모른 채 따라가니 아야코가 기다리고 있다. 안내를 한 팀장은 자리를 뜨면서 말한다.

　"그럼, 좋은 시간 되십시오?"

　"병길 씨!" 하며 아야코가 달려와 안긴다.

　"사람 이렇게 놀라게 할 거예요? 깜짝 놀랐네."

　"병길 씨! 화 났어요? 화낼 만도 합니다. 그렇지만 전화하려고 하니 수업 중이실 거고, 방해하지 않으려고 그랬어요! 미안해요."

"이 VIP실은 또 무엇이고? 이렇게 낭비하는 사람 저는 안 좋아합니다."

"용서해 주세요? 그리 말하면 병길 씨, 무서워요! 제가 그런 게 아니라 이 자리는 아버지께서 해주셨답니다. 지난번 너무 무례했다고 가서 위로해 주라고 하시며…."

"그래요? 진작 그리 말씀하시지, 아버지께 감사하다 전해 주시구려. 그냥 우리 포도주 한 잔 합시다."

마음이 풀린 상태가 되어 호출 벨을 누른다. 팀장이 들어오자 병길은 주문한다.

"우리 여기에 포도주 부탁합니다."

"네, 손님, 준비하겠습니다."

"병길 씨, 피곤하실 텐데 먼저 씻으세요."

두 사람은 가져다 놓은 포도주잔을 부딪치며 한 잔 하고 있다. 병길은 포도주를 한 모금 입에 물고 아야코 입 안에 넣어주기도 한다.

"병길 씨, 감사해요. 아깐 정말 무서웠어요. 앞으로 더 잘할게요!" 하며 가슴에 파고든다. 아야코의 호흡이 거칠어 온다. 아야코는 병길의 머리를 쓰다듬으며 파르르 몸을 떤다.

그렇게 두 사람은 하나가 되어 사랑을 쌓아간다.

"고마워요. 병길 씨! 감사해요!"

병길은 숨을 가다듬으며 아야코에게 묻는다.

"좋았어?"

"응, 최고였어요!"

병길은 아야코를 다시 꼭 안아준다. 아야코는 병길의 얼굴로 머리를 들고 키스를 하였고 젊은 청춘은 사랑으로 밤을 보냈다.

## 밀양 부모님께로

　다음 날 아침 오늘은 토요일이다. 아야코는 아직 자고 있다. 도심의 새벽하늘은 뿌옇다. 병길은 이런 공기 속에 살아가는 우리들의 일상은 매번 느끼는 것이지만 지구가 뜨거워지고 있는 현실, 그냥 있을 수 없다고 생각하고 있다. 문소리가 딸깍하고 들린다. 아야코가 일어났나 보다 싶어 방으로 간다.

　"아야코, 일어났어요? 잘 자던데."

　"흥~ 아야코 잠자는 것 구경했어요? 미워~"

　"정말로 인정해버릴까?"

　"안 돼, 그럼 못 쓰는 거예요?"

　"아야코, 아야코가 없는 동안 아버지와 어머니를 모시고 이모님 요양원에 다녀왔습니다."

　"병길 씨. 최고 멋져요! 그래, 이모님 건강은 어떠셔요?"

　"내가 보기엔 멀쩡하시던데. 어머니가 보시기엔 한 번씩 입에 거품을 품고 쓰러지신다는 거야. 그러면서도 온 정신이 돌아오고 그래요. 일단 이모님 문제는 감천 절에 계신 스님께 여쭈어보고 판단을 기다려 보자는 걸로 부모님과 의논했어요. 지금 이른 아침인데 씻고 밀양 가서 밥 먹으면 안 될까?"

　"병길 씨! 오케이, 어서 가요. 부모님 뵙고 싶어요."

병길과 아야코는 나갈 채비를 한다.

"아야코, 난 준비가 다 됐어요."

"네, 조금만 기다려주세요?"

조금 있으니 아야코가 이쁘게 차려입고 웃으며 나온다.

"병길 씨, 저~ 옷맵시 괜찮은 것 같아요?"

"아, 네. 어련하시겠습니까요?" 하며 아야코의 엉덩이를 살짝 터치한다.

"자, 내려갑시다." 엘리베이터가 둘만을 위해 움직인다.

아야코는 엘리베이터 속에서 병길의 손을 꼭 잡고 힘을 준다. 마치 놓치지 않으려는 것처럼 쥐고 있다. 병길은 모르는 체하며 말을 한다.

"왜 그래요?"

아야코는 병길을 쳐다보며 답한다.

"좋아서요!"

병길과 아야코는 차량이 주차된 곳으로 다가가며 어머니께 전화한다.

"병길 씨! 어서 가요. 차량 대기 벨을 눌러 놓았어요."

"뚜~ 뚜~" 전화벨 신호음이 들린다.

"어머니, 아야코 왔어요. 어머니 밥 먹고 싶데요."

"그래, 어서 오너라, 준비할게."

"아버지는요?"

"그 양반, 농장에 가셨지. 얼른 자네가 와 모셔 오게, 시장하실 텐데."

"병길 씨? 어서 가요." 하며 아야코가 재촉한다.

VIP 주차장에 내려가니 전날 이용한 세단이 기다리고 있다. 뒷좌석에 나란히 승차하고 밀양 요금소로 쏜살같이 달린다. 40분 만에 집에 도착했다. 그리고는 세단을 돌려보낸다.

"어머니, 저희 왔습니다."

"어서 오렴, 그래 아가씨도 어서 와요. 농장에 가서 아버지 좀 모시고 오렴."

"네, 어머니, 아야코는 어머니 좀 도와주세요."

병길은 농장으로 가 아버지를 부른다.

"아버지, 아들 왔어요!"

"그래, 아들, 밥 먹으러 가자꾸나. 그래, 잘 지냈니?"

"네, 아버지, 그리고 아야코도 함께 왔어요."

"그래, 잘 왔다. 안 그래도 절에서 연락이 왔다. 위령제 날이 잡혔다며. 7월 7일 칠석날로 잡았다는구나. 오늘 아침 먹고 절에 가보자꾸나."

"네, 아버지, 그렇게 하겠습니다."

"어서 가자, 암탉이 울면 집안 망하니…."

"참, 아버지도, 엄마를 그 나이에도 놀리고 싶으세요?"

"아들하고 이야기한다만 얼마나 지순하고 귀엽니?"

"아버지를 보면 없던 용기도 나게 되니…."

부자는 웃으며 이야기하면서 집으로 향한다.

"어머니, 아버지 모시고 왔어요."

"아버님, 잘 계셨어요?" 하며 아야코가 인사한다.

"어이구, 아가씨도 오셨구먼, 자자~ 아침 듭시다."

"네, 아버님. 먼저 앉으세요. 병길 씨도 어서 앉으세요."

이런저런 얘기 꽃을 피우며 모두들 맛난 아침을 먹었다. 온 집안에 난향이 피듯 화기애애한 분위기가 천정을 뚫을 듯 했다.

"여보! 아침 정리하고 나서 관음정사에 다녀옵시다. 위령제 날이 잡혔다고 합니다. 마침 아야코도 왔으니 잘 되었소."

"네, 그래야겠어요. 얼른 치울게요."

"어머니, 소녀도 거들겠습니다."

"아니에요. 그냥 계세요. 나중에 얼마든지 할 수 있습니다. 마음만으로도 감사합니다."

## 위령제 날을 잡다

절에 갈 준비를 하는 병길 아버지는 금고에서 현금을 챙긴 다. 위령제에 보시할 모양이다. 가족과 마을과 나라와 국가 간 에 좋은 화해의 결실을 보기 위한 위령제의 성격은 마을 전체 의 행사로 생각한 모양이다. 준비하는 스님이나 관계자분들이 고맙고 존경스럽기까지 하다. 보이지 않는 음지에서 이렇게 사 회와 국가를 위해 나라 사랑하는 분들이 계시기에 대한민국은 위대할 것이다. 그렇게 생각하는 병길 아버지는 어부인을 향해 말한다.

"아직 준비가 안 되었소?"

"곧 나가요?" 하면서 속으로는 '영감, 성질머리 하고는….' 하 면서도 내색을 안 한다. 병길이 차 시동을 건다. 마침 모두 나 오는 걸 보고 차 문을 열어 부모님을 안내한다.

"아가씨도 어서 타세요."

그렇게 차를 타고 한 시간을 달려 절에 도착한다. 대웅전으 로 가 부처님께 삼배를 올리고 선방으로 가니 무산 스님께서 합장하시며 맞이한다.

"아이고, 가족이 모두 오셨군요? 자, 어서 들어오세요."

병길 아버지는 예를 갖추려고 한다.

"스님! 절 받으세요."

"그래요, 일 배만 하십시오."

병길과 아야코, 부부가 다 함께 스님에게 일 배를 올린다.

무산 스님은 "성불하십시오." 하고 덕담을 해 주신다.

"자. 차나 한 잔 합시다. 이 차가 하동 쌍계에서 나는 녹차인데 아는 지인이 손수 법제하여 가져온 차이니 맛이 있습니다. 한번 드셔 보세요."

병길 아버지는 감사하다고 말하고는 무언가를 스님께 건넨다.

"스님, 위령제가 7월 7일로 날이 잡혀 준비하시는 데 동참을 하겠습니다. 여기 조금 준비하였습니다."

"아니, 이렇게까지…. 고맙습니다. 좋은 일에 쓰겠습니다."

옆에 있던 아야코도 핸드백에서 무언가를 꺼내며 말한다. 나름 두툼한 봉투로 보이는 것을 건네며 말한다.

"스님! 소녀도 동참하겠사옵니다."

"아가씨까지! 복 받으실 겁니다. 오늘날 우리가 모든 일이 연기법으로 이어진 만남입니다. 연기에는 인연 연기 즉 직접적인 원인과 간접적인 원인에 의지하여 생겨나는 인연입니다. 이 세상에 있어 존재는 반드시 그것이 생겨난 원인과 조건에서 연기법의 법칙에 따라 생겨난다는 것을 이야기 합니다.

연기법이란 무엇인가 하면? 이것이 있으므로 저것이 있고, 이것이 일어나므로 저것이 일어난다. 이것이 없으므로 저것이 없고, 이것이 소멸하므로 저것이 소멸한다는 가르침은 우리가 아는 기본 연기 공식과도 같습니다."

무산 스님은 병길과 아야코를 번갈아 보며 계속 말을 이어갔다.

"오늘날 두 분 청춘 남녀~. 먼 세월 일어난 아픈 과거 또는 즐거움도 바로 위와 같은 현상으로써 하늘의 구름이 모였다 한 차례 비를 뿌리고 흩어지면 구름은 없습니다. 육신은 죽어 지, 수, 화, 풍으로 흩어지면 남는 것은 의식인데 그 의식이 정신세계입니다. 이 정신세계는 보이지도 만져지지도 않으면서 있습니다.

이것이 소위 말하는 귀신이 되었든, 정령이 되었든 다음 생을 위하여 언제 어느 때고 있습니다. 그 형태가 모든 생명체로의 원형입니다. 사람으로나 미물로, 동물로나 화장실 구더기로도, 조그만 애벌레도 내 몸의 세포로 태어납니다. 이러한 것이 전생 후생 숙업으로 인연법이 이어진다는 것입니다. 지금 우리가 전 후생의 짓눌렸던 지나온 숙업들이 실타래처럼 엮어있는 것을 불법佛法으로 풀어서 본래의 성품 즉, 허공 가운데 숨을 멈추듯 한 덩어리가 되면 바로 '즉견여래'라 바로 부처를 본다는 것입니다."

무산 스님의 진중한 말에 모두 더욱 정숙한 표정을 보인다.

"그래서 절에 가면 모두가 하나같이 말합니다. 스님이든, 불자든 누구든지 만나면 합장하여 '성불합시다.' 하고 손을 모으는 것입니다. 다 함께 부처를 이루자고 하는 겁니다. 나만 부처가 되는 것이 아니라 너도나도, 이웃도 모두가 부처가 되어야 한다는 것을 말하는 겁니다.

귀신으로 나타난다는 것은 아직도 정신세계가 다른 생명을 받기가 부족하여 허공에 떠도는 것입니다. 그러다가 전생의 못다 한 숙제가 있으면 꼭 다시 태어나 그것을 이루겠다고 하는 원을 세우면 윤회가 되는 것입니다."

병길 아버지는 오늘 들은 말이 가슴에 새겨지는 듯이 말한다.

"네, 스님! 오늘 부처님 연기법으로 법문 잘 받아 숙지하겠습니다."

"세상에 살아가면서 있는 그대로를 보고, 있는 그대로를 행하면 그것이 부처님 법입니다. 거기에는 나에게 아무리 좋아도 행하지 말아야 하는 것이 있고, 또 아무리 싫어도 행해야 하는 것이 있습니다. 그것이 바로 '지혜'입니다.

저 하늘의 태양은 자기를 위해 비추지 않으며 강물은 자기를 위해 물을 먹지 않습니다. 사과나무의 열매는 자기를 위해 먹지 않고 들녘의 꽃들도 자기를 위해 향기를 풍기지 않습니다. 대지는 자기를 위해 밟지 않습니다. 이 모두는 오롯이 남을 위한 희생정신으로 그 속에는 편견도 없습니다. 평등하게 골고루 보시하는 것입니다. 여기 있는 젊은이들이나 이 세상 모든 사람과 생명이 이것을 행하면 바로 부처님으로 '관세음보살'입니다."

부산 스님의 다소 긴 이야기가 끝나자 아야코도 법문을 새기며 응대한다.

"스님, 법문, 감사합니다."

병길 아버지와 어머니, 병길과 아야코는 자리를 일어나며 말한다.

"스님, 위령제를 올리는 날에 다시 오겠습니다. 오늘은 이만 물러가겠습니다."

"네, 처사님, 시간이 벌써 이리되었군요. 어두운 밤길 조심히 가십시오. 보살님도요. 병길 군과 아야코 양도 평안히 가십시오."

그들이 떠난 뒤 무산 스님은 전화로 마을 통장을 찾는다.

"스님! 소인 왔습니다."

"통장님. 잘 오셨습니다. 오늘 젊은 최병길 청년 가족 부모님과 함께 다녀갔습니다. 위령제 지내는데 보시도 주고 가셨습니다. 통장님께서는 제반 준비를 해 주십시오. 비용은 최대한 아껴 좋은 일에 쓰도록 합시다."

"스님, 여부가 있겠습니까? 차질 없이 준비하겠습니다."

"그리고 동장님과 구청장님께서도 참여하실 수 있도록 해주세요. 마을의 이러한 사항도 전하고요."

"네, 스님, 안 그래도 어제 동장님께 말씀드렸습니다. 스님께서 수고가 많으시겠다고 하셨습니다. 구청장님께는 동장님이 말씀드리겠다 하였습니다."

"네, 통장님, 그럼 수고해 주십시오."

"알겠습니다. 내려가 보겠습니다. 스님."

## 다시 밀양 집에서

　절을 나와 밀양 집으로 향하는 병길 아버지는 이런 생각을 하고 있다. '오늘 무산 스님께서 말씀하신 심오한 법문으로 우리의 영혼을 깨워주셨다.'라고 여기면서 차에 올라 눈을 감고 깊은 생각에 잠겨있다.

　"아버지, 이제 출발하겠습니다."

　김해 대동 요금소를 지나 밀양으로 향한다. 1시간을 달려온 애마는 농로길을 들어선다.

　"아들, 벌써 다 온 모양이네, 집에."

　"네, 아버지, 대문 앞입니다."

　"아들, 오늘 수고 많았네. 아가씨도 고맙고."

　"여보, 어두운데 조심해서 내리시오. 여기 가로등을 하나 설치해야겠군, 밤에 다녀보질 않아 미처 몰랐네."

　"차를 차고에 넣고 들어가겠습니다. 먼저 들어가십시오. 아버지, 어머니!"

　"그래, 어서 씻고 쉬어라. 아가씨도 쉬어요."

　"아버지, 어머니, 안녕히 주무세요."

　"안녕히 주무세요."

　"그래요. 아야코 양. 편히 쉬도록 하세요."

병길은 아야코를 데리고 방으로 간다.

"아야코, 좀 씻으셔야지?"

"병길 씨, 먼저 씻으세요." 하며 윙크한다.

병길은 욕실로 씻으러 들어가고, 아야코는 일본에 있는 아버지께 전화를 드린다.

"뚜~ 뚜~" 전화기 너머로 아야코 아버지의 음성이 들린다.

"모시모시, 하야시 데스네."

"아버지, 아야코입니다."

"요시! 딸이구나, 그래, 아직 한국인가?"

"네. 병길 씨 아버님 농장에 있습니다. 걱정하지 마시고 편히 주무세요. 그리고 아버지, 위령제가 7월 7일로 잡혔답니다."

"요시, 기록하여 둘게, 음, 그래, 참여해야지…. 아야코, 좋은 밤 보내시게. 끝."

"하~잇, 편한 밤 되셔요. 아버지!"

그렇게 전화하는 동안에 병길은 씻고 나온다.

"어디? 일본에 계신 아버님께 전화를 드린 건가요?"

"네, 위령제 날짜 잡혔다고 말씀드렸습니다."

"잘했어요. 아야코도 얼른 씻으시오."

아야코는 욕실로 들어가고 병길은 침대 자리를 정돈한다. 욕실에 들어간 아야코는 오늘 밀양에서 보내는 밤을 상상하며 싱긋이 웃어본다. 몸을 닦고 침대로 다가가니 병길은 눈을 감고 있다. 아야코는 '오늘 병길 씨가 매우 피곤하셨나 보다.' 그러면서 병길 옆에 가만히 누우며 병길의 숨소리를 듣는다. 콧바람이 들숨 날숨 자유롭다. 무척 편안해 보인다. 그러다가 아야코도 병길 옆에서 잠이 들어버린다.

아야코는 잠결에 가슴이 답답하여 오길래 눈을 뜨니 병길이 가슴을 압박해 오며 손가락을 입에 대며 '쉿!' 하며 조용히 하라는 신호를 하는 것이다. 그리고는 아야코의 입술에 키스하며 애정을 표한다. 아야코도 병길의 등을 토닥토닥해 주며 병길의 귀에다가 나지막이 말한다. "고마워요!" 그렇게 서로 꼭 안아주며 다시 잠자리에 든다.

새벽녘 멀리서 닭 우는 소리를 듣고 아야코는 눈을 뜬다. 옆을 보니 병길이 깊은 잠에 빠져들어 있다. 다시 잠을 청하다 이른 아침 아야코는 병길의 얼굴을 가만히 들여다보고 있는데 병길이 갑자기 눈을 뜬다.

"아이! 깜짝이야. 그렇게 갑자기 뜨는 눈이 어딨어요?"

"지금까지 뭐 했어요? 안 자고?"

병길이 아야코를 끌어안으며 키스하고는 한 손으로 아야코를 안아주고는 크게 기지개를 하면서 일어난다. 창문 밖을 보니 날이 밝아오고 있다. 아야코도 일어나 옷을 갈아입고 주방으로 가본다. 벌써 병길 어머니가 나와 음식을 장만하고 있다. 어머니께 인사하며 다가선다.

"어머니, 안녕히 주무셨어요?"

"응, 아야코, 벌써 일어났어. 조금 더 자지 그랬어?"

"아니에요. 어머니. 잠자리가 바뀌니 깊은 잠이 안 오는군요."

"그래요? 그런 것도 있을 거야. 이것 한번 맛보실래?"

병길 어머니가 상추와 부추를 곁들인 겉절이를 맛을 한번 보라고 권한다. 아야코는 아이같이 받아먹으며 말한다.

"어머니, 너무 맛있어요!"

그 맛에 눈가에 덜 깬 선잠이 모두 날아가 버린다. 이때 병길이 나오며 아침 인사를 한다.

"어머니, 안녕히 주무셨어요? 아버지는요?"

"그 양반 새벽닭이 울기 전에 벌써 농장에 가셨다네. 자네가 가서 모셔 오시게."

"병길 씨! 어머니께서 겉절이를 맛보게 해주셨는데 엄청 맛있어요. 잠이 확 달아났어요."

"아야코, 어머니에게서 보고 많이 배워 두세요. 울 어머니 음식 맛은 국보입니다."

그러면서 농장으로 간 아버지를 모시러 간다. 비닐하우스에 일하고 계신 아버지를 부르자 잡풀을 정리하다가 아버지가 나온다.

"아들! 일어났는가?"

"아버지, 이제 아침 드시러 가시죠. 모시러 왔습니다."

"그래, 가자꾸나, 그런데 아들, 지금에서야 이야기한다마는 아버지와 아들로서, 남자와 남자로서 이야기하네. 앞으로 장가 가거들랑 한 가지 부탁드리네. 부부간에 밤을 너무 자주 취하지 말게. 모든 걸 적당히 하시게. 남자가 너무 밝히면 양기가 모두 빠져 기력을 회복하기가 여간 어렵지 않네. 아들, 명심하시게! 지금껏 자네 모친과 내가 나이 들도록 아직 건강함을 보이는 것도 다 그런 지혜를 수용한 덕분이네. 고마운 일이지. 자네 모친과 내가 아직도 일주일에 한 번은 운우지정을 나눈다네. 자네 모친도 잘 맞춰주곤 하지, 자네도 그러길 바라네. 건강이 최고라네. 내가 살아보니 그것뿐이더라."

"네! 아버지, 아버지 말씀 명심하겠습니다."

병길은 놀라웠다. 아직도 아버지와 어머니가 밤에 운우지정을 나누신다니 '연세가 얼마이신데, 대단하신 분들이다.' 하고 인정하기로 생각하면서 집 마당으로 들어온다.

"어머니, 아버지 모셔왔습니다."

"그래, 밥 먹자."

아버지는 수돗가에서 얼굴과 손을 씻고 돌아서는데 아야코가 서 있다가 수건을 전한다.

"아버님, 여기 타올 있습니다."

"그래요, 아가씨도 잘 잤어요? 자, 그럼. 아침을 먹으러 들어갑시다."

아침을 먹은 후 아야코는 입가심으로 과일을 깎아놓으며 "아버님!" 하며 병길 아버지를 부른다.

"그래, 아가씨, 말씀하시게나?"

"아버님, 어머님 모시고 오늘 아야코가 맛있는 점심을 대접하겠습니다. 일본에 계신 아버지께서 양 어르신을 정중히 모시고 대접하라는 분부가 있었습니다."

병길 아버지는 옆에 앉은 부인을 보고 의사를 묻는다.

"여보. 당신은 어떠하오?"

"아가씨 아버님 분부라니 어찌할 수 없겠군요. 여보."

"그러면 아야코가 모시도록 하겠습니다."

옆에 있던 병길이 장난기 어린 말투로 아이처럼 생뚱맞게 말을 던진다.

"그럼, 나는 안 가도 되나요?"

아야코가 눈을 동그랗게 뜨며 깜짝 놀란다. 무슨 소린가 싶다.

"병길 씨! 그럴 땐 아기 같아요? 당연히 함께 가셔야죠! 아이고, 정말로…."

모두 한바탕 웃음소리가 퍼진다.

아야코는 그러고는 바로 롯데호텔 VIP 팀장에게 전화를 건다. 병길 어머니는 뒷설거지하고 나들이 나갈 준비를 하고 있다. 깨끗한 한복을 차려입은 어머니를 보는 병길은 우리 어머니 품위가 있어 보인다고 생각한다. 아야코도 어머니를 보며 말한다.

"어머! 어머니, 너무 멋있으세요? 참으로 우아합니다. 어머니!"

"이 다음에 아가씨가 시집 오면 이 옷을 지어 주리다."

"어머니, 감사합니다. 너무 좋아요."

온 가족이 거실에서 기다리고 있는데 VIP 운전기사가 도착했다는 연락이 온다. 아야코는 병길과 아버님, 어머님을 모시고 대문으로 나가니 K-9 검은 세단이 기다리고 있다. 운전기사가 차량 문을 열어주며 "손님, 모시게 되어 감사합니다." 인사한다.

이윽고 차는 출발하여 고속도로를 달리고 있다. 일요일이라 그런지 고속도로에 차량 이동이 많다. 무척산 터널을 지나는데 차량 정체가 보인다. 기사가 내려 전방에 다녀오더니 전방에 접촉사고가 있어 조금 정체되고 있다는 것이다. 곧 견인차가 들어가는 것을 보니 정체가 풀릴 것 같다. 조금 있으니 차량이 정상적으로 달린다. 시내에 들어오니 도로는 비교적 한산하다. 일요일이라 셀러리맨들이 모두 시외로 나갔거나 아니면 집에서 휴식하든지 하리라 생각된다. 이윽고 서면 롯데호텔에 VIP 주차장에 도착하였다. VIP팀장이 대기하고 있다가 인사한다.

"손님, 저희 롯데호텔을 찾아주서서 감사합니다. VIP룸에 점심 식사 준비를 하여 두었습니다. 안내하겠습니다."

엘리베이터로 안내하며 43층을 누른다. 43층 램프가 꺼지고 엘리베이터 문이 열린다.

"손님, 여기 중앙에 마련하였습니다. 좋은 시간 되시길 바랍니다."

그리고는 팀장은 룸 직원에게 잘 모실 것을 지시하고 사라진다. 아야코는 어머니께 차려진 음식을 가리키며 말한다.

"아버님, 어머님, 식사가 마음에 드실지 모르겠습니다."

"아! 역시 한식이구나. 구색을 잘 정리하였네. 좋아요."

"어머님 마음에 드신다니 다행입니다."

"그래, 다들 함께 먹도록 합시다." 하는 아버지의 말에 병길은 "맛있게 드십시오?" 하면서 아버지와 어머니의 밥뚜껑을 열었다.

그리고 옆에 준비된 포도주 로피트 로칠드 와인을 아버지와 어머니, 아야코에게 한 잔 씩 따라 주고, 자신도 따라 가족의 일원으로 건배를 하고 친목을 북돋운다.

"아버님, 어머님, 소녀는 오늘 일본으로 돌아가야 합니다. 위령제 날짜에 맞추어 부모님과 함께 다시 뵙도록 하겠습니다."

"그래요, 아가씨 오늘 점심 잘 먹었어요. 선친께 가시거든 정중한 대접해 주심에 감사드린다고 꼭 전해 주시오."

"네, 아버님! 그리 전해 올리겠습니다."

식사 후에는 오랜만에 백화점에서 아이 쇼핑을 즐기고, 아버지와 어머니는 타고 온 차량으로 모셔드리고자 VIP 대기 주차장에서 배웅하였다.

병길은 아야코와 함께 호텔 숙소로 돌아와 아야코 소지품을 챙기고 공항으로 갈 준비를 하며 아야코를 안아본다.

"아야코? 고마워, 아버님, 어머님을 챙겨주어…."

"아니에요. 그동안 얼마나 어머님께, 그리고 당신에게 호강을 받았는데요. 감사는 소녀가 해야지요?"

"일본에 갔다가 위령제 전에 한 번 더 올게요. 그때 봬요. 응?"

그리고 준비를 마치고 VIP 주차장에 내려오니 아버님, 어머님을 모시고 간 차량이 돌아와 도착해서 대기하고 있다. 기사분이 아야코의 짐을 트렁크에 싣고 병길은 차 문을 열어 아야코를 타게 하고 함께 공항으로 간다.

비행장 입구에 내리고 차량을 돌려보내기 위해 아야코는 운전기사에게 그동안 수고하셨다며 "용돈으로 쓰시라."라며 수고비를 드린다. 기사분도 "손님, 감사합니다." 하고 웃음으로 돌아간다.

일요일이라 출국하는 비행장 게이트는 한산하다. 오후 2시 비행기 출국 10분 전이다. 공항 탑승 안내 방송을 듣고 게이트로 이동하는 아야코와 밖에서 바라보는 병길은 손을 흔들며 인사하고 헤어진다.

# 영혼의 바람

보 우

5부

# 영혼 위령제

병길을 사랑하는 고 선생
변명과 보충수업
열심히 한 아이들과 포상
누나를 만나다
학생 반장네 집
수업 준비와 조퇴
우연과 인연 사이
아야코의 임신
작은 참회
영혼 위령제

## 병길을 사랑하는 고 선생

병길은 공항 택시 승차장에서 택시를 타고 가는데 아야코가 탄 비행기가 낙동강 하구 위 하늘을 날고 있다. 멍하니 목적지도 말하지 않은 모양이다.

"손님, 어디로 모실까요?"

"아차! 목적지를 말씀 안 드렸군요! 미안합니다."

택시 기사는 중년의 나이로 편안하고 훈훈한 분이라는 느낌이 든다.

"기사님! 저~ 경남고등학교로 가 주시겠습니까?"

"네! 그리하겠습니다. 혹시, 경남고등학교 선생님 되십니까?"

"네, 그렇습니다."

"오늘이 일요일인데. 학교는 왜 가십니까?"

"아, 네. 제가 3학년 1반 담임이라 내일 월요일부터 방학 동안 학생들 보충수업이 있어 준비도 해야 하고 해서 갑니다."

"아! 그러시군요? 제 아들놈도 경남고등학교 3학년 1반이라고 하던데…."

"네~ 아니! 학생 이름이 어찌 되는지요?"

"네, 선생님! 말썽꾸러기 우경순이라는 아이입니다."

병길은 "네!" 하고 갑자기 딸꾹질한다.

"아이고, 아버님. 소생이 담임입니다."

"선생님! 죄송합니다. 아이가 버릇이 없어서 선생님을 매우 힘들게 하였나 봅니다. 아이가 집에 자기 엄마가 없으니 나름대로 힘이 드나 봅니다. 아이 엄마는 3년 전에 위암으로 세상을 하직하였습니다. 하나 있는 경순을 잘 키워 보려고 다니던 직장도 사직했습니다. 그리고 연금과 남은 돈으로 이 개인택시를 사들여 경순이 공부하는 데 도움이 될까 하여 일하고 있습니다. 조금씩 저축하며 아이 대학 등록금을 마련하고 있습니다. 선생님! 우리 경순이 제발 대학에 갈 수 있도록 잘 부탁드려봅니다. 공항에서 택시 타시는데 선생님을 몰라뵈어 송구합니다."

"아! 경순 아버님, 아닙니다. 그러나저러나~ 어찌 이렇게 만나 뵙는군요! 경순이, 잘 타일러서 공부에 열중하도록 지도해보겠습니다. 아버님! 너무 걱정 안 하셔도 됩니다. 그놈들 의리가 출중합니다. 반 아이들이 모두 함께 학업을 도와주고 이끌어주면 충분히 대학에 가리라 봅니다. 그러니 우경순 아버님은 걱정하시지 마시고 안전 운전하셔서 그 꿈을 이루시길 바랍니다."

"선생님, 고맙습니다. 고맙습니다."

이런저런 이야기를 주고받고 하다보니 학교 정문에 도착한다. 병길이 요금을 꺼내드니 경순 아버지는 한사코 받지를 않는다. 그리고 오늘 만나고 대화한 것을 경순에게는 비밀로 해달라고 한다. 병길은 잘 알겠다고 하며 안전 운행하시라고 인사를 하고는 학교 안으로 들어간다. 운동장에는 조기회 축구회원들이 공을 차고 있다. 교무실에 오니 고경아 선생님이 와 계신다.

"아, 오늘 고경아 선생님 주간 당직이시군요?"

"네, 최병길 선생님은 어쩐 일로…. 오늘?"

"네, 선생님, 내일부터 방학 동안 아이들 보충수업 준비 차원에서 왔습니다."

"아니, 이 황금 같은 날에 사랑하는 분은 어쩌고…. 역시 최선생님은 3학년 1반 아이들이 존경하는 우상입니다. 저 역시 존경합니다. 그리고 사랑합니다."

그러면서 최병길의 가슴에 파고든다. 병길은 엉겁결에 고경아 선생을 가슴에 안아준다. 그녀는 병길에게 안겨 흐느끼며 눈물을 흘린다.

"최 선생님, 죄송해요!"

"아닙니다, 이해합니다. 고 선생님께서 저를 마음에 두셨다는 것을 알고는 있었지만, 저는 전생의 숙업으로 만난 분이 있어 결례지만 아쉽게 되었습니다. 나도 한 여인을 울게 만들고 싶지 않았습니다. 고경아 선생님은 마음이 고우셔서 또 다른 백마 탄 분이 나타나실 것입니다."

병길은 고 선생을 안았던 손을 풀고 돌아서려는데 고 선생은 병길의 어깨를 손으로 원위치 시키며 갑자기 병길에게 키스한다. 병길은 엉겁결에 입맞춤을 한다. 그렇게 두 사람은 상담실에서 예정에 없는 사랑행위로 서로를 탐닉했다. 병길은 아야코에게 미안했지만 지금 고 선생을 떨치면 고 선생이 큰 상처를 받을까 함께 열락을 즐기고 만다.

　상담실에서 그동안 쌓인 애정을 풀고 일어나면서 고 선생은 이야기한다.

　"결혼하기 전에 부정하지만, 최 선생님과 관계하고 싶었습니다. 오늘 미안하고 고맙습니다."

　"그 소리를 들으니 부담이 되는군요!"

　"최 선생님, 저는 다음 주 미국으로 공부하러 출국합니다. 앞으로 사랑하시는 분과 행복하시길 바랍니다. 용서해 주세요. 후회는 없습니다. 오늘 일은 둘만의 비밀로 해 주세요."

　병길은 교실로 간다. 교실에서 학생들 의자에 앉아 앞 흑판을 보니 온통 검은색이다. 병길의 마음에 번뇌가 와서 핀셋처럼 박힌다. 아랫도리는 별개로 조금 전에 있었던 희열이 아직도 훈훈하다. 교실을 둘러보고 내일 보충수업 준비를 점검하고 교무실로 가니 고경아 선생은 주간 당직 퇴근을 하였는지 자리에 없다. 야간 당직 김병구 선생님이 와 계신다.

　"아이고, 최병길 선생님 오셨군요? 그래, 내일 보충수업 때문에 오셨구나, 자자 여기 앉으시지요."

　"고경아 선생님은 퇴근하셨나 보군요?"

　"네, 한 20분 전에 인수인계하고 갔습니다."

　병길은 어찌 입맛이 떨떠름하다. 병길도 퇴근하려고 채비를 하며 인사한다.

　"그럼, 김병구 선생님 야간에 수고 많으시겠습니다. 전, 이만 가보겠습니다."

　"아! 최 선생님! 잠깐 잊었네요. 고경아 선생님이 가시면서 이 쪽지를 최 선생님이 오시면 전해 달라고 하고 가셨어요. 잠깐 깜빡했습니다."

병길은 밀봉된 쪽지를 김병구 선생님으로부터 전달받고 며칠째 학교에 주차되어 있던 애마 G4 렉스턴으로 간다. 차 문을 열고 전달받은 고경아 선생님의 쪽지를 개봉하여 읽어본다. 첫 글에서 오늘 너무나 황홀하게 해주어서 고맙다는 인사다. 시간이 되면 자기 룸에서 저녁을 대접하고 싶다는 것이다. 병길은 순간 갈등이 생긴다. 갈까 말까 한참을 망설이다가 '아니지. 다음 주에 출국한다고 하였으니 송별식이라 생각하자.'라고 생각하며 차를 몰고 자유시장 앞 귀금속 가게로 들어갔다. '그래. 송별이니 목걸이나 하나 해주자. 그래그래.'라고 자신을 스스로 변명하고 있다. 보라색 수정이 박힌 하트 금목걸이를 하나 포장하여 초읍으로 달린다. 고경아 선생은 초읍 어느 아파트에 산다고 들었다. 아파트 앞에서 전화하니 정확한 위치를 가르쳐 준다. 도착해 주차하고 501호 문 앞에 서서 초인종을 누른다.

"딩동!"

안에서 '딸깍'하고 문 여는 소리가 나고 그녀가 나오면서 반긴다.

"최 선생님, 누추하지만 들어오세요."

"그럼, 실례하겠소."

고경아 선생은 아까 그 일이 부끄러운지 고개를 들지 못하고 있다. 병길은 그녀에게 다가가 안아준다.

"미안하오. 고 선생, 내가 미처 헤아리지 못했어요. 여기 우리 둘만의 징표로 조그만 선물을 준비했어요. 부담 갖지 않으서도 됩니다."

고경아 선생은 선물 포장을 뜯고 밀봉된 것을 열어보니 아름다운 수정 하트 목걸이가 나온다. 너무나 놀라 병길에게 안기며 눈물을 흘린다.

"미국으로 출국한다기에 올까 말까 망설였어요. 그러다가 고선생의 쪽지를 보고 송별식이라고 생각하고 마음을 담아 하나 장만했습니다. 타국에 가셔도 못난 최병길이 생각나시면 이 목걸이를 보시라고…. 그러면, 그리운 향수가 되겠지요."

병길은 고경아 선생에게 목걸이를 걸어준다. 그리고 뒤에서 포근히 안아주며 연신 미안하다고 말한다.

"미안해요. 미안해요."

"참, 다른 손님도 오시지요?"라는 병길의 물음에 고 선생은 얼굴을 붉히고 고개를 숙이며 나직하게 말한다.

"아녜요. 최 선생님만 초대했습니다. 이미 학교에는 사직서를 지난주에 내어 처리되었습니다. 내일부터는 방학이기도 하지만 이제 출국 준비를 해야 하기에 오늘까지만 학교에 출근하기로 되었답니다."

"아니! 그런다고 고경아 선생은 일 처리도 소리소문없이 하는군요. 그간 우리 학생들이 선생님께 잘못한 것 용서해 주십시오. 지도를 잘하지 못한 저 역시 용서를 구합니다."

"최 선생님, 오히려 제가 선생님께 미안합니다. 괜한 질투심으로 선생님의 선정을 어지럽게 했습니다. 솜씨는 없지만, 된장국으로 선생님께 밥이라도 한번 손수 지어 드리고 싶었답니다. 자 저쪽 식탁으로 가시지요. 준비는 해 두었답니다. 장국만 데우면 됩니다."

"의자에 앉으세요? 최 선생님!"

"아! 예."

병길은 식탁 의자에 앉아 차려진 음식을 본다. 밀양 집 어머니의 차림만은 못하지만 나름 정성껏 했다는 게 표가 났다. 이어 된장국이 식탁에 올라오니 수증기가 피어올라 풍성해 보인다.

"고 선생님, 잘 먹겠습니다."

고경아 선생은 병길을 보며 흐뭇한 표정으로 된장국을 한술 뜬다.

"맛이 있을는지…."

"아! 맛있는데요!"

병길은 된장국으로 밥 한 공기를 다 먹는다. 고경아 선생은 병길이 밥 먹는 모습을 보고 속으로 '어쩜, 저리도 식복이 마음에 들게끔 드실까?' 생각한다. 저녁을 먹은 후 병길은 고경아 선생과 과일을 먹으며 블랙커피를 마신다. 이런저런 대화를 나누다가 가려고 일어서다 들고 있던 커피가 와이셔츠에 쏟아진다. 병길은 얼른 닦는다고 닦았지만 흰 와이셔츠라 얼룩이 졌다. 다행히도 아주 뜨겁지는 않아 화상은 입지 않았다.

고 선생은 커피 물이 마르기 전에 세탁하면 얼룩이 없어진다고 하면서 와이셔츠를 벗어달라 한다. 병길은 와이셔츠를 벗어주고 고 선생의 넓은 티셔츠를 잠깐 빌려 입고 있다. 고 선생은 와이셔츠를 빨아 스팀다리미로 칼같이 다려주며 바람에 말린다. 그러는 사이 고 선생의 넓은 티셔츠에서 낮에 맡았던 고 선생 향기가 난다.

고경아 선생은 "밤이 늦었습니다. 주무시고 가시지요?"

병길은 하는 수 없이 못 이긴 채 고 선생 집에서 하룻밤을 묵기로 하고 잠자리가 준비된 침대로 올라간다. 이어 그녀는 전등 스위치를 끄고 병길 옆으로 와 눕는다. 병길은 팔베개해 주며 잠을 청한다. 그 사이 "띠리릭, 띠리릭" 하고 병길의 휴대전화가 울린다. 병길은 휴대전화의 발신자를 확인하고 받지 않는다. 고 선생은 눈치로 보아 최 선생 정인이라는 것을 알지만 모르는 체한다. 둘은 깊은 밤을 보내며 잠을 청했다.

다음날 병길이 눈을 뜨니 고 선생이 옆에 없다. 방문을 열고 나가니 그녀가 주방에서 아침을 차리고 있다.

"최 선생님, 잘 주무셨어요? 얼른 씻으시고 진지 드시지요?"

"언제 일어났습니까? 아직도 날이 어두운데….'

"최 선생님께서 일찍 가보셔야 할 듯해서 일찍 준비했습니다."

병길은 씻고 나와 옷을 입고 고 선생과 함께 이른 아침을 먹는다. 모닝커피를 한 잔 하면서 미안함을 전한다.

"여러모로 미안해요. 고경아 선생님!"

"최 선생님! 오히려 제가 감사합니다. 이 세상에 태어나 사랑했던 분에게 제 몸을 허락하였다는 것이 후회는 없습니다. 최 선생님께서 부담 갖지 마시라고 이야기합니다. 주신 선물 감사히 받겠습니다."

병길은 고경아 선생님을 안아주며 말한다.

"인연이 닿으면…."

마지막 말을 잇지 못하고 고 선생 집을 나온다. 차를 몰고 화명동 집에 오니 아야코의 메시지가 와 있다.

"병길 씨, 통화하기 어렵군요? 무슨 좋은 일이 있으신가 봐요. 전화 안 받을 정도로…."

병길은 순간 가슴이 찡해 온다. 혼잣말로 생각하며 중얼거린다. '밤새 웃지 못할 불륜 행위를 하였으니까. 엄밀히 따지면 결혼 전이니까 불륜은 아니지만…. 정인으로서 죄책감이랄까, 배신감이랄까' 그런 게 아야코에게 미안함으로 묻어온다.

## 변명과 보충수업

병길은 학교에 갈 준비를 한다. 오늘부터 방학 보충수업이다. 가방을 들고 거실로 나오는 데 전화가 걸려 온다.

"띠리릭 띠리릭"

"여보세요?"

전화를 걸어온 상대는 한참 말이 없다. '왜 말이 없지?' 하며 전화를 끊으려 하는데 상대가 말을 한다. 상대는 아야코였다.

"병길 씨! 뭔 일 있으세요?" 하며 다짜고짜 물어온다.

"아무 일 없는데요."

"그럼 왜? 통화가 안 되었나요?" 하고 따진다.

"아, 미안하오. 어제, 오늘 학생들 보충수업 준비한다고 못 받았소."

"그럼 밤에는 왜 못 받으시지요?"

병길은 내심 가슴이 덜컹해 온다. 사실은 지은 죄가 있으니….

"아! 네. 낮에 준비하느라 피곤했나 보오. 그냥 자버렸소."

병길은 뒷골을 잡으며 말한다. 그리곤 속으로 되뇌인다.

'근지러워 죽는 줄 알았네. 역시 난 죄짓고는 못 사는 모양이다, 변명이지만 거짓말에 또 거짓말, 아이고, 제명에 못 살겠

구나,'

시치미 떼는 병길인 줄 모르는 아야코가 대답한다.

"병길 씨, 미안해요? 그런 줄도 모르고 그랬네요. 미안합니다."

"앞으로 그렇게 따지고 그럴 거면 한국에 오지 마시오!" 하며 되레 큰소리를 쳐버린다. 그 말에 아야코는 오히려 난감해한다.

"병길 씨. 제가 잘못했어요. 용서해 주세요?"

병길은 한술 더 떠서 화를 내듯이 말한다.

"아야코! 아버님께서 뭐라고 말씀하셨나요? '아야코! 잘 내조하여 드려라.'라고 하지 않았소?"

"네, 맞습니다. 잘못하였습니다. 명심하고 또 명심하겠습니다. 저희 아버지껜 말씀드리지 말아 주세요? 네! 병길 씨! 앞으로 두 번 다시 그런 일 없도록 명심하겠습니다. 병길 씨!"

병길은 뻔뻔한 태도로 "알아들었으면 전화 끊으시오! 나 오늘 학교 보충수업이 있어 출근해야 하오! 그럼." 하면서 '딸깍' 병길이 먼저 전화를 끊어버리고 학교로 간다. 학교에 도착하니 운동장에 반장 김창식이 와 있다. 반장을 부른다.

"김창식!"

"선생님. 안녕하십니까?" 하며 병길에게 달려온다.

"그래. 보충수업 준비들은 잘해 온 거야? 그리고 말 나온 김에 반장 너와 선생님만 알자. 반 아이들 성적이 떨어지는 놈들을 서로 정보교환 하면서 다 함께 우리 반 전체 대학에 합격하도록 노력해 보자. 알겠냐?"

"네. 선생님. 그렇게 준비하겠습니다."

"그래~ 그래. 그리고 우경순, 또 최. 머고. 그놈들을 집중적으로 확인하고 보고해 주라. 그놈들 보면 의리는 있는데 선생님이 보기에 안타깝다."

"저도 그리 생각합니다. 선생님!"

"아~ 그래. 와~ 창식이 보통이 아이~데이. 그래. 가서 놀아라. 교실에서 보자."

"네! 선생님!"

교무실에 도착하니 교장 선생님과 교감 선생님이 서로 이야기 중이다. 교장 선생님이 먼저 병길을 보고 인사한다.

"아! 최병길 선생님. 어서 오시오!"

"교장 선생님, 교감 선생님. 안녕하십니까?"

"안 그래도 최 선생 이야기를 하고 있었소이다."

"무슨 일 이시온지?"

"다름 아니고 교육청에서 우리 학교 모범 선생님을 대통령 포상에 올리라고 연락이 왔어요. 뭐가 될지는 모르겠소 만은 교육청에서 최병길 선생님 추천이 어떠냐 하고 장학관으로부터 연락이 왔네요?"

"교장 선생님! 제가 잘한 공적도 없는데 무슨 그런 말씀을 하십니까?"

"교감 보소! 최 선생이 이렇다고 하니깐. 아이, 참. 중간에서 이러지도 저러지도 못하는 처지네. 교장인 내가 결정할 것이니 그리 모두 아시고 일 보소, 아이고, 그 참! 그리고 그동안 우리 학교에 몸담았던 고경아 선생님이 미국으로 공부하러 간다고 하니 부득이 사직 처리하였는데 함께한 교직원 동료로서 안부나 전하도록 하시오. 그게 정이지!"

병길은 일어나 교장 선생님께 예를 하고 교감 선생님과 학교 보충수업 문제로 의논한 뒤 교무실을 나와서 교실로 간다. 교실 가까이 가니 아이들 떠드는 소리가 요란하다. 교실 문을 열자 아이들의 떠들던 모습은 없고 꿀 먹은 벙어리처럼 조용하다.

"야야, 너희 왜 그러니? 입이 얼어붙었나?"

갑자기 아이들이 "차렷! 선생님께 대하여 경례!"

"최병길 선생님. 안녕하십니까?"

"애들이 왜 이러나. 앞으로도 뒤로라도 선생님께 인사할 때 최병길은 빼라. 알았지?"

"예! 선생님!"

"반장, 수업 시작하자!"

"네. 선생님!"

"반장! 앞으로 나와서 보충수업에 임하는 자세에 대하여 급우들에게 설명하도록!"

교실이 웅성웅성한다.

"자~ 자~ 조용히 해라. 반장 이야기 들어보자."

"오늘부터 방학 끝나는 날까지 우리 반은 보충수업을 합니다. 여러분이 잘 협조만 한다면 선생님께 말씀드려 자유시간도 생각해 보겠습니다. 그 자유시간도 학교 안에서만 가능하다는 것을 미리 알려 드립니다. 우리 반 전체 목표가 3학년 1반 32명 전원이 대학에 입성하는 것입니다. 물론 수능시험에 고득점을 받아 우리 모두 서울대나 연세대에 들어가길 원하지만, 그것은 현실적으로 불가능하게 보일 수도 있습니다. 그렇지만 여러분이 이번 보충수업 노력에 따라 불가능하지도 않습니다. 그러니 선생님 지도하에 열심히 노력해 부모님과 선생님께 보답합시다. 이상입니다. 그리고 4개 조로 그룹을 만들어 실행할 것이니 그리 알고 준비해 주시기를 바랍니다. 이상 끝!"

아이들의 박수 소리가 끊이질 않는다. 병길은 "조용, 조용"하며 손을 저으니 아이들이 조용해진다.

"역시! 우리 반장 김창식! 언변이 특출하지."

"예! 선생님!"

"그러면 손뼉을 쳐야지."

아이들이 일제히 손뼉을 친다. 반장이 일어나 아이들에게 손을 들어 선거유세를 하는 것처럼 손을 흔든다. 병길은 속으로 "김창식이 저놈은 언젠가 우리가 상상도 못 할 큰 일꾼이 될 거야."라는 생각을 한다.

오전 수업은 몸풀기 차원에서 조를 짜는 시간으로 조를 편성하고, 조장을 선별해 조장 책임하에 보충수업을 운영하기로 한다. 모든 것은 반장이 총괄 담당하기로 하고, 각 조장은 문제가 있으면 반장에게 보고하여 협조를 구하는 형식으로 선택한다.

"딩동댕!" 점심시간을 알린다.

아이들은 학교 식당에서 보충수업 기간 특별식을 제공하기로 교장 선생님과 합의를 보았다. 그래서 아이들이 공부하는데 먹는 것까지 걱정하게 할 수 없어 일전에 보충수업 계획서를 가지고 결재를 받아 둔 상태다. 이것은 어쩌면 교장 선생님 사비로 보충하는지는 알 수가 없다. 교장 선생은 그렇게 결재하면서 최병길 선생에게서 약속받은 뒤에 결재하였다.

조건은 이랬다. 우리 학교 3학년 학생들이 어느 대학이든 서울대면 더 좋고 많이 합격하는 조건을 내걸었다. 그러니 최병길 선생도 그만큼 부담감이 없지 않다. 점심을 먹고 교실에 오니 아이들의 자세가 예전과는 다르다. 수업의 진정성이 눈에 띄게 병길의 눈에 들어온다. 병길은 희망이 보인다고 생각하며 지난 과제들을 하나하나 점검하며 아이들의 눈에서 선생님이 떠나지 않도록 열중하고 있다. 삼시 세끼를 학교에서 먹으니 아이들이 건강도 훨씬 좋아진 것 같다. 아침 8시에 등교해 밤 10시까지 장장 열네 시간을 공부한다. 밥 먹는 시간을 빼고 열한 시간을 수업에 매달려야 하는 강행군이다.

"딩동댕!" 밤 열 시 하교 시간을 알린다.

"선생님! 내일 뵙겠습니다."

아이들이 우르르 학교를 빠져나간다. 교실 창문 너머로 집으로 가고 있는 아이들을 보며 생각한다. '저~ 아이들 나이 때 나도 저리했지.' 새삼 격세지감을 느낀다. 교무실에 와 문단속하고 당직 선생님께 인계하며 학교를 나선다.

화명동 아파트로 와 씻지도 않고 그냥 침대에 누워 잠이 든다. 오랜만에 깊은 잠을 잔 듯하다. 아침에 일어나니 옷 입은 채로 씻지도 않고 잔 것을 알게 된다. 욕실로 가 샤워하며 그제의 일이 간간이 뇌리에 떠오른다.

고경아 선생과의 희열, 아야코와의 번뇌, '그래 사랑은 받는 것이 아니라 주는 것이지 그런 것을 따지면 고경아 선생이 아야코보다 한 수 위인지도 모르겠다'라는 생각이 든다. 마음으로야 비교할 수 없지만, 현실이 그러하다.

병길 자신도 앞날에 여자 문제로 고통이 따르겠다는 생각이 앞선다. '우리 아버지, 어머니 피가 섞인 내가 불륜 행위를 하게 될 줄이야.' 젊음이 무섭기는 하다만 조심하려 해도 본능이 눈을 뜰 때는 감당이 안 된다.

어머니가 그랬다. '여자는 늙어도 여자란다. 조심하세요?' 하던 말씀. 그것이 지금 내 귀에 띵 하고 박힌다. 몸을 닦고 거실에 와 메시지 확인을 하니 어제저녁 시간의 전화 메시지다.

"병길 씨! 용서해 주세요!" 하며 우는 아야코 음성이다. 훌쩍이는 울음을 들으니 마음이 묘해져 온다. 혼잣말한다.

"여자 울음소리에 마음이 약해지다니. 나도 참!"

## 열심히 한 아이들과 포상

병길이 손목시계를 보니 7시다. 여덟 시까지 학교에 가야 하니 바쁘다. 우유 한 잔을 마시고 학교로 출근하며 아야코에게 국제전화를 한다.

"뚜~ 뚜~ 뚜" 아야코가 전화를 받으며 좋아한다.

"병길 씨! 감사해요, 전화를 다 해 주시고."

"나, 지금 학교 출근 중에 차 안에서 하고 있어요."

"그럼, 얼른 전화 끊으세요! 운전 중에 위험해요!"

"그래. 나중에 전화할게. 아야코!"

10분 전이다. 학교에 도착해 식당으로 가 아침을 먹는다. 학생들도 모두 식사하고 있다. 반장 김창식이 선생님 밥을 가져다주려고 하는데 병길은 그러지 말라고 말린다.

"아니다. 창식아! 내가 가져다 먹을게. 얼른 밥 많이 먹어라. 너희 때는 먹는 것이 남는 것이다."

식당 영양사 선생님과 직원에게 아침 일찍 수고스러움에 대해 감사의 인사를 하자 "우리 모두 선생님과 학생들 응원합니다."라고 말한다. 학생들이 일제히 손뼉 치고 환호하며 난리이다. 교실에 들어오니 학생들 스스로 어제 과제를 토론하고 있다.

이제 끝마무리 방학 보충수업이 내일이면 끝난다. 그리고 3일간 쉬고 월요일부터 정규 수업으로 진행한다. 그동안 보충수업을 위해 학교 관계자 여러분이 수고를 많이 해주셨다. 특히 학부모들이 지원을 아끼지 않으셨다. 다들 자식들이 열심히 노력하여 사회에 좋은 인재로 발전하길 바라는 마음, 한결같은 심정이 아닐까 싶다. 그러리라 생각해 본다.

병길은 시간을 보니 밤 8시가 되어가고 있다. 아이들이 공부하는 교실을 나와 차를 몰고 시내 빵집을 찾는다. 파리바게뜨 빵집이 막 문을 닫으려고 하는 것을 주인에게 급히 부탁한다.

"학생들이 먹을 햄버거와 우유를 포장해 주세요!"

"얼마나요?"

"33개입니다."

공부하는 학생들 숫자에 병길 자기 것도 포함하여 33개를 우유와 함께 포장해 학교로 돌아온다. 교실 문을 조용히 열고 수업 마칠 시간 10분을 남겨두고 반장을 불러 수업을 마치게 한다. 그리고 가져온 햄버거를 나누어 주자 다들 맛있게 먹는다.

"선생님! 감사합니다."

반장 김창식이 대뜸 질문을 한다.

"선생님! 이 햄버거, 선생님 사비로 사신 거죠?"

"그래! 선생님이 사면 안 되는 것이냐?"

아이들이 손뼉을 요란하게 치며 감사해한다.

"그동안 반장 이하 제군들 모두 너무나 고생이 많았다. 내일이면 보충수업도 끝이다. 아마 좋은 결과가 있을 것이라고 선생님은 믿는다. 시간이 늦었다. 다들 조심해서 귀가하도록. 그리고 내일은 8시 말고 아침 9시까지 교실에 오도록 해라! 그동안 어질러진 교실 주변 정리하고 보충수업 마무리하도록 할 테니 그리 알고 어서 가거라. 수고했다."

"창식아! 그동안 수고 많았다. 내일 보자!"

"네! 선생님!"

"창식아! 아버지와 어머니께 감사하다고 전해다오!"

반장 부모님이 방학 동안 보충수업 때문에 물심양면으로 많은 도움을 주셨기에 고마움을 전하고 싶어서 이야기한 것이다.

"네! 선생님! 그리 전하겠습니다."

병길은 교무실 책상을 정리하고 학교를 나와 집으로 향한다. 낮에 잠깐 전화 메시지를 보니 아야코로부터 문자가 와 있다. 아야코는 아침에 출국하여 화명동 아파트에 와 있다고 한다. 아파트 주차장에 차를 주차하고 1004호로 올라간다. 초인종을 누른다.

"딩동!"

아야코가 조그만 구멍으로 병길을 확인하고는 문을 열어주며 안겨 온다.

"병길 씨! 수고 많았습니다. 수업하시느라 시간이 많이 되었는데, 어서 씻으세요?"

식탁을 보니 아직 저녁을 먹지 않은 듯했다. 병길은 학교에서 학생들과 먹었으니 시장기가 덜했다.

"아야코, 어서 밥 먹도록 해요! 시장할 건데."

그러면서 아야코 손을 잡아 식탁에 앉히고, 직접 수저로 밥을 떠서 아야코 입에 넣어준다.

"바보처럼 아직 안 먹고 있으면 어떻게 해!"라고 말해버린다.

그 말에 아야코는 눈물을 흘리며 바닥에 무릎 꿇어 용서를 청한다.

"병길 씨. 잘못했어요! 학교 일로 바쁘신데 그것도 모르고 일본에서 투정만 했군요. 용서해 주세요!"

"그래. 알았어요. 일어나요. 어서!"

그때서야 아야코는 눈물 밥을 먹는다. 병길은 속으로 한시름 놓았다고 생각한다. '어휴, 한 번의 불륜이 이렇게 마음 아플 줄이야.' 아야코가 밥 먹는 것을 보고 병길은 씻으러 욕실로 들어간다. 아야코는 주방에서 설거지를 다 하고 병길의 방에 가자리 준비를 하고 있는데 병길이 들어와 아야코 뒤에서 안아준다. 아야코는 목을 돌려 병길의 입을 찾아 키스한다.

다음날이다. 아야코가 식단을 차려 함께 밥을 먹는다. 식탁에 앉아서 아야코가 이야기한다.

"오늘 다시 일본으로 가야 해요. 사실 병길 씨에게 용서를 먼저 빌어야 해서 굳이 부산에 왔어요. 그래야 일손이 잡힐 것 같아서요. 오늘 일본 거래처에 납품 계약 관계로 다시 가야 해요."라며 출국길을 나선다. 그리 말한 아야코를 보내고 병길은 학교로 출근한다.

병길은 학교에 오니 교무실에 교장 선생님과 교감 선생님, 교직원들이 일제히 최 선생이 들어오는 것을 보고 손뼉을 치는 것이다. 교장 선생님이 대표로 이야기한다.

"최병길 선생님. 그동안 보충수업하시느라 수고 많았습니다.

우리 학교 명예가 걸린 수능 시험 결과가 기대됩니다. 무엇보다도 오늘 최병길 선생님의 불철주야 헌신으로 경남고등학교에 더없는 경사를 안겨 주시고 본인에게도 더없는 영광이라 생각합니다. 오늘 교육청에서 연락이 왔습니다. 정부로부터 국민 교육 문화훈장 대통령 포상이 발표되었습니다. 최병길 선생님! 축하드립니다."

병길은 놀라움을 감추지 못하고 교장 선생님 이하 교직원들에게 연방 인사를 한다.

"감사합니다. 감사합니다."

그리고는 교실로 가다 보니 학생들이 웅성거리고 떠들고 있다. 그렇지만 그냥 내버려 둔다. 그동안 학생들이 수고한 보람도 있으니 그러려니 생각하며 떠들어도 모른 척한다. 병길은 반장 김창식을 부른다.

"창식아!"

"네! 선생님!"

"우경순이랑 최태원이 학업 능력이 좀 올랐나? 창식이 자네가 볼 때 어떠하더냐?"

"선생님! 굉장합니다. 거의 우리 반 평준화가 된 듯합니다."

"아! 그래. 그것참 반가운 일이다. 야~ 너희 정말 수고했다."

"아입니다. 선생님께서 잘 지도하여 주셔서 그런 결과가 된 겁니다."

병길이 학생들을 향하여 말한다.

"자~ 자~ 자리에 앉도록. 지금부터 조별로 반장 책임 하에 책상 등 다른 물체를 원위치로 정리하고 교실에 대기하도록 한다. 실시!"

병길은 교실 밖에 나와 아버지께 전화를 드린다.

"그래! 병길이가? 오냐! 이 시간에 어찌 전화를 다 하노?"

"아버지! 감사합니다. 오늘 교육청에서 대한민국 국민 문화 훈장 대통령 포상이 결정되었다고 교장 선생님으로부터 통보 받았습니다. 아버지! 잘 키워주셔서 감사합니다."

"그래. 고맙다. 수고 많이 했다. 공직은 어쨌든 깨끗해야 한 다. 아무 탈 없이 아비처럼 청렴결백하게 끝까지 퇴임하도록 노력하거라."

"예! 아버지. 그리하겠습니다."

"그래. 그래. 오냐! 수고했다."

병길은 전화를 끊고 아야코에게도 이 소식을 전한다.

"병길 씨, 축하드려요! 좋은 소식 알려주셔서 감사해요! 다음 주에 아버지와 어머니 모시고 한국 부산에 갈게요. 부산 감천 마을에 위령제도 있고 해서 며칠 앞당겨 가자고 아버지께서 말 씀하셨어요."

병길은 아야코와 전화를 끊고 교무실로 가 남은 업무를 보고 교실에 가니 아이들이 정리를 다 하고 대기하고 있다.

"아이고, 깨끗이 잘 정리되었네. 3일간 푹 쉬었다가 우리 월 요일에 보자. 모두 해산!"

"일동 차렷! 선생님께 대하여 경례!"

"선생님. 감사합니다!"

"그래, 모두 잘 가거라. 사고 치지 말고 집으로 가는 거다~ 잉!"

학생들 전체 합창한다.

"네~ 선생님!"

병길도 교무실을 거쳐 호출이 있은 교장실로 가 노크한다.

"똑똑!"

"네, 들어오세요. 어서 오세요. 최병길 선생님! 그동안 학생들 보충수업 지도하시느라 수고가 많았습니다."

교장 선생님은 하얀 봉투를 하나 건네준다.

"최 선생님! 품위 유지비로 쓰세요. 그동안 최 선생님이 개인 돈으로 학생들 간식을 사다 준 것에 대한 고마움이요. 여하튼 고맙습니다. 이 교장이 해야 할 일을 해 주어서 더욱 감사하고요. 솔선수범이 몸에 배어 있는 분 같아 보입니다. 그래요, 어서 가서 푹 쉬시고 월요일 날 뵙도록 합시다."

병길은 교장실을 물러 나와 교감 선생님께 인사드리고 학교를 나선다.

---◆◆---

## 누나를 만나다

그동안 학교에서의 피로가 쌓인 모양이다. 병길은 화명동 집으로 직행하여 씻고는 그대로 잠을 청한다. 몇 날을 설친 잠과 피로가 한꺼번에 밀려온다. 눈을 뜨니 아침이다. 전날 저녁 7시부터 다음 날 아침 6시까지 11시간을 곯아떨어진 거다. 정말 잘 잤다.

일어나 욕실로 가 세수를 하고 메시지 버튼을 눌리니 조용하다. 병길은 신기해하며 웃는다. '어찌 아야코가 조용하지,' 하면서 옷을 주섬주섬 차려입고 밀양으로 차를 몰고 간다. 상쾌한 아침이다. 차 창가에 음력 칠월의 바람이 차창을 스친다. 앞유리에 새가 날아가며 분변을 뿌린다. 워셔액을 뿌려 제거하고 계속 달린다. '새도 생리현상인 걸 어찌하겠나, 방법이 없지.' 하며 밀양 요금소를 돌아 집 대문 앞에 도착한다. 차를 주차하고 집 안으로 들어가니 어머니가 수돗가에서 무얼 하다가 일어나 병길에게 다가오며 말한다.

"그래, 병길아. 아버지께 소식 들었다. 축하한다."

어머니가 병길을 꼭 안아준다.

"아야코가 없으니 다행이네요."

"그게 무슨 소리냐?"

"어머니가 절 안아주시니 아야코가 질투할까 그렇지요!"

그러자 어머니는 웃으며 "애는! 날 놀리고 있어!"

"아버지는요?"

"자네 누나랑 농장에 가셨네."

"어머니, 지금 누나라 하셨어요?"

"응, 어제 낮에 왔단다. 자네가 가서 아버지 모시고 오시게. 아침 드시도록."

"네, 그리하겠습니다."

병길은 농장으로 가며 누나를 생각한다. 벌써 못 본 지가 몇 년이나 된 것 같아 마음이 설렌다. 남매가 많은 것도 아니고 부모님은 형제 둘 딸 하나 이렇게 낳았는데 큰아들은 부모님 가슴에 묻었다. 병길은 농장에 도착하니 아버지와 누나가 감자를 캐고 있다.

"아버지, 저 왔어요!"

누나가 뒤돌아서며 병길에게 뛰어온다.

"병길아! 여러모로 축하한다! 우리 얼마 만이니?"

누나는 동생을 대견스럽게 여기며 말한다.

"우리 동생 누나가 한번 안아보자…."

"누나 혼자 온 거야?"

"응, 혼자 왔어. 매형은 미국 출장 중이야."

"그래? 둘 사이 별일 없는 거지?"

병길은 누나의 안부를 물어보며 눈치를 본다. 누나 눈가에 눈물이 고이는 것을 알 수 있다. 병길은 누나 댁에 문제가 있다는 것을 파악한다. 분위기를 바꾸려고 아버지가 일어나 재촉하며 앞장서 걸어간다.

"야야, 어서 가자, 자네 어머니 역정 내신다."

병길은 오랜만에 누나와 손잡고 농로 길을 따라 집 쪽으로 향해 걸어간다. 길 옆 수로에 고기들이 폴짝거리며 물이랑을 만들며 원을 그리고 있다. 수로 건너 강아지 한 쌍이 짝짓기하는지 엉겨 붙어 있다. 누나는 그것을 보고 "어머, 어머~" 하며 동생 뒤로 숨는다. 누나와 집에 도착하니 아버지는 수돗가에서 호미를 씻어 담벼락에 걸고 있다.

"아버지, 들어가세요! 아침 드시게요?"

"그래, 오냐! 밥 먹자, 자~ 자 들어가자. 여보! 나 왔소이다."
병길 어머니는

"어서 앉으셔요! 많이 시장하실 터인데….'"

어머니는 아버지 앞에 기름이 둥둥 뜨는 닭 삶은 국물을 내놓는다.

"와! 누나가 오니 씨암탉을 잡으셨네."

"다 함께 먹으려고 누나가 시장 가서 사 온 거라네. 많이 드시게, 아들."

"아들! 오늘 시간이 어찌 되는고?"

"아버지, 저 오늘부터 3일 동안 휴가입니다."

"그래, 잘 되었다. 오늘 하루만 시간 내어라. 아침 먹고 농장에 감자를 마저 캐야겠구나."

"네, 그리하겠습니다."

병길은 아침을 먹고 아버지랑 농장으로 간다. 한참 감자를 캐고 있는데 누나가 점심을 광주리에 챙겨왔다.

"엄마가 점심 드시러 오실 분이 아니라며, 어머니가 챙겨주시길래 가져왔어요. 자, 잠시 쉬고 식사하세요."

정말 오랜만에 아버지랑 누나와 함께 점심을 먹게 된다. 두런두런 이야기하면서 점심을 먹다가 누나는 병길에게 말한다.

"올케 되는 사람 좋으니? 그래, 잘해 주거라."

그런데 누나의 목소리가 힘이 없어 보인다. 누나는 생리적인 문제가 있다. 매형만 나무라기에는 우리나라 정서상 문제가 있는 까닭이다. 누나는 선천적으로 아기를 가질 수 없다. 몇 번의 시험관 시술을 했지만 모두 실패로 끝이 났다. 그러니 매형이 밖으로 맴돈다. 누나는 처음엔 우울증으로 고생을 좀 하였는데 그냥 포기하고 살아가는 것이 마음 편하다며 매형은 이혼도 안 해 준다. 생활비는 넉넉하게 주면서 그냥 말없이 살라 한단다. 누굴 만나 바람도 피우라 하는데 누나는 그런 생각 지운 지 오래란다.

"병길아! 걱정하지 마라. 이 누나 자유롭게 살게. 매형 욕하지 마라. 그 사람도 집안에 외동이지, 후손은 없지, 생을 포기해도 했을 것이다. 병길아, 너에게만 이야기한다. 아버지, 엄마에겐 이야기하지 마라, 매형은 시험관 시술이 끝나자 나도 모르게 정관 수술을 해 버렸단다. 우연히 지인으로부터 알게 되었다. 그러니 내 마음 오죽하겠니? 시가 댁은 여자 하나 잘못 들어와 집안 대가 끊겼다고 난리지. 사실은 아버지 어머니 때문에 산다. 내가 죽으면 또 가슴에 묻을까 봐…."

그러면서 누나는 한없이 울고 있다. 마을 이장을 부르러 간 아버지가 저 멀리 농장으로 올라오고 있다. 누나는 눈물을 닦고 광주리를 챙겨 빠르게 집으로 가고 있다. 마을 이장이 왔다.

"안녕하세요? 이 댁 아들입니다."

"아! 그러시구나. 아이고, 청장님! 자제분이 든든하시군요? 하하, 감자가 씨알이 참 좋습니다. 경운기로 옮겨 싣겠습니다. 공판장에 내어 값을 지급하겠습니다. 청장님!"

모두 함께 경운기로 감자를 옮겨 싣고 이장이 모는 경운기는 공판장으로 간다. 감자 수확량이 많아 작황이 좋았나 보다. 경운기를 보내고 아버지와 병길은 집으로 와 몸을 씻고 방에서 한숨 자고 있다. 자고 일어나니 벌써 저녁이다. 어머니가 꿀물을 타서 가져왔다.

"우리 아들, 많이 피곤했나 보네."

"어머니, 누나는요?"

"자네 일어나기 전에 갔다네. 불쌍한 것! 쯧쯧. 우리 집에는 자네가 희망이야. 부디 건강하게."

저녁 전에 공판으로 가셨던 이장이 왔다. 아버지는 아들에게 부탁한다.

"저~기, 꿀물 한 잔 타오시게."

이장은 공판장에서 받았다며 현금 1,056,000(일백오만육천)원을 꺼내 놓는다. 아버지는 감잣값을 많이 받았다며 좋아하고 있다. 이장은 꿀물을 한 잔 하고는 길을 나선다.

"청장님, 가보겠습니다."

"아이고, 이장님. 오늘 수고 많았습니다. 멀리 안 나갑니다."

"내자, 이리 와 보시오!"

아버지는 어머니에게 감자 수확 값을 모두 건넨다.

"영감, 이걸 왜 나에게 주시는 거요? 당신 하시지."

아버지는 느긋한 웃음을 지으며 큰소리치듯이 말한다.

"감자 농사짓는데 당신이 밥을 잘 챙겨주었으니 당연히 드려야지요?"

병길은 두 분이 나누는 대화나 하시는 모습이 정말 아름답게 인생을 사신다는 생각이 들어 감개무량하다. 함께 저녁을 먹고 잠자리에 든다. 병길은 누워서 누나를 생각하니 오랜만에 왔는데 여비도 못 줬다는 생각에 일어나 누나에게 전화를 건다.

"뚜~ 뚜~"

"아! 동생. 미안하다. 잠자길래 가만히 나왔어."

"누나, 오랜만에 왔는데 여비도 못 주어 보냈어. 미안해."

"마음으로 받을게, 고마워! 잘살아 볼게, 동생. 걱정하지 마라?"

"누나 무슨 일 있으면 꼭 나에게 연락해!"


다음 날 아침 병길은 오랜만에 밀양 산책길을 걸어본다. 이른 아침인데도 많은 사람이 산책하며 운동을 한다. 산책길을 돌다가 어느 할머니가 텃밭에서 키운 싱싱한 오이와 당근을 팔기에 한 봉지씩 산다. 그걸 가지고 집에 들어오니 어머니는 막 아침상을 차리고 있다. 병길은 사 온 것을 어머니에게 드린다.

"아들, 마침 참 잘 사 오셨네. 안 그래도 사려고 했는데. 자, 어서 밥 먹자."

"아버지. 오늘은 화명동 집에서 쉬겠습니다. 월요일 방학 끝나고 첫 수업이라 준비도 좀 해야 하고요."

"오냐! 그래라. 잘 챙겨 먹고 그래라. 너희 엄마 걱정 안 하게."

"네! 아버지."

아침을 먹고 병길은 나설 준비를 하고 현관으로 나오니 어머니가 어제 아버지에게서 감잣값으로 받은 쌈짓돈 같은 돈을 따로 떼어 하얀 봉투에 담아 준다. 어머니는 "뭐든 먹고 싶을 때 사 먹으라." 하면서 옛날에 병길이 고등학교 다닐 때처럼 용돈을 쥐여준다. 그동안 먼저 간 큰 아들과 평온하지 못한 누나 때문에 항상 마음은 고통 속에 사셨지만 자상하신 어머니다. 두 분 모두 존경스러운 분이다. 병길은 어머니를 한번 안아주며 인사한다.

"어머니, 저~이제 갈게요?"

어머니는 대문을 따라 나오며 손을 흔든다. 병길은 차를 몰고 강변길 수로를 달려 밀양 요금소를 빠져나와 고속도로로 향한다. 주머니에서 전화기가 '띠리릭' 하고 울린다. 전화를 받으니 반장 김창식의 어머니다.

"여보세요?"

"선생님, 안녕하세요?"

"네! 학부모님!"

"오늘 점심 때 우리 집을 방문해 주세요."

"네, 왜요? 창식이에게 무슨 일 있습니까?"

"그게 아니라, 그동안 보충수업하시느라 선생님께서 고생 많이 하셔서 점심 대접하려고 합니다. 내일부터 정상 수업하시는데 시간이 없으시겠다 싶어 오늘 초청하는 겁니다. 꼭 오십시오."

"네! 학부모님 그리하겠습니다."

## 학생 반장네 집

병길은 화명동 아파트에 도착해 가방을 내려놓고 메시지 버튼을 누른다. 전화기에서 "띠 리릭!" 소리를 내며 아야코 목소리가 흘러나온다.

"병길 씨, 안녕! 잘 지내셨어요? 내일 갈게요. 오후 2시에 김해공항으로 부모님과 함께 갈게요."

그렇다. 다음다음 날이 감천마을에서 열리는 위령제 때문이기도 해서 오는 것이다. 아야코 부모님이 일찍 가자고 하신다며 그래서 겸사겸사 병길 씨도 보고 싶다며 아양을 떤다. 메시지를 다 들은 병길은 아야코에게 국제전화를 한다. 전화음 속에서 무척 반기는 아야코의 목소리다.

"병길 씨! 병길 씨! 내일 오후 2시에 공항에 나오실 수 있어요?"

"그~럼, 당연히 가야지. 귀하신 분이 오시는데."

"아~이 좋아라. 그럼 내일 만나요!"

아야코의 목소리는 신이 나 있다. 병길은 손목시계를 본다. 10시 30분을 가리키고 있다. 화명동에서 온천장까지 가는 지도를 머릿속에 입력하고 반장 창식이 집으로 갈 준비를 한다. 옷을 갈아입고 벗은 옷은 세탁기에 넣는다. 정장 옷차림으로 차를 몰아 온천 럭키아파트로 출발한다. 창식의 집은 얼마 전 가정방문 때 한번 가본 기억을 살려 아파트 주차장에 주차하고, 105동 502호로 엘리베이터를 탄다. 엘리베이터 문이 열리고 좌우를 보고 왼쪽 문 입구에서 초인종을 누른다.

"딩동!" 안에서 철커덕 문 여는 소리가 나며 창식이 뛰어나오며 인사한다.

"선생님, 안녕하세요?"

곧이어 뒤에서 창식 아버지와 어머니가 나오며 인사한다.

"선생님, 어서 오십시오!"

"초대하여 주셔서 감사합니다."

창식 아버지가 거실 소파로 안내하며 말한다.

"선생님, 방학 동안 쉬시지도 못하고 수고 많았습니다."

"아닙니다. 할 일을 한 것입니다. 고3 담임으로 당연히 해야 할 의무입니다. 그동안 물심양면으로 도와주셔서 무사히 마칠 수 있었습니다. 정말 고맙습니다."

부모님과 인사를 나눈 뒤 창식을 보며 정겹게 말한다.

"창식아, 그래, 푹 쉬었나?"

"네, 선생님! 어제는 우경순과 최태원을 우리 집에 오게 해 그동안 열심히 공부하느라 수고했다고 어머니께 부탁드려 함께 밥 한 끼 먹었습니다."

"창식이 네가 선생님보다 마음 씀씀이 낫구나, 고맙다. 창식아!"

병길은 마음속으로 '앞으로 저놈이 커서 무엇이 될까 무척 궁금하다. 마음 씀씀이가 보통 아니다. 일찍이 문무를 겸했다는 생각이 든다. 여하튼 그런 놈임은 분명하다.'라는 생각을 하고 있다. 그 사이 식탁에 음식이 차려졌는지 창식 어머니가 부른다.

"여보! 선생님 모시고 오세요?"

"자, 선생님, 식탁으로 가시지요?."

병길은 테이블 위에 가득 놓인 식사 차림을 보고 인사한다.

"창식 어머니, 감사합니다. 잘 먹겠습니다. 창식 아버님 먼저 자리에 앉으시지요."

이어서 병길도 앉고 반장 창식이도 선생님과 옆에 앉는다.

정성스럽고 맛난 음식을 대접받고 창식 가족의 배웅을 받으며 병길은 럭키아파트 단지를 빠져나온다.

병길은 이왕 나온 김에 내일 수업 준비도 있고 해서 학교로 차를 운전해 간다.

## 수업 준비와 조퇴

　학교 운동장에는 야구부 학생들이 한창 연습 중이다. 가을 전국 화랑대기 대회가 있는 것으로 안다. 같은 종씨인 최덕용 감독 선생님이 필드에 있다가 병길을 발견하고 반기며 악수를 청한다.

　"최병길 선생님! 방학 동안 수고 많이 하셨다는 이야기 들었습니다. 그리고 포상 축하합니다."

　"최 감독님! 여전하시군요. 올해에도 결실 보시기 바랍니다."

　"네, 노력 중입니다. 최선을 다해야겠지요. 감사합니다."

　"그럼, 최 감독님. 수고하십시오!"

　인사를 나누고 교무실로 향한다. 교무실에 가니 1학년 3반 엄수현 선생이 당직을 서고 있다. 아직 나이가 어린 갓 임용된 젊은 선생님이다. 그에게 인사하며 다가가니 벌떡 일어나 90도로 인사한다.

　"엄 선생님! 수고가 많습니다."

　"최병길 선생님, 오셨습니까?"

　"그래요, 그래요, 앉으세요."

　젊은 후배지만 깎듯이 예우한다. 후배라고 함부로 대하면 같은 동료로서 품위에 손상이 생긴다.

"엄수현 선생님! 내일 수업 관계로 교실에 좀 다녀가겠습니다."

엄 선생은 3학년 1반 교실 키를 눈치 있게 병길에게 전해 준다.

"엄 선생님, 감사합니다."

엄 선생은 멋쩍은 듯 오른손으로 뒷머리를 긁는다. 병길은 교실에 와서 흑판에 분필로 수업 준비를 적어두고 책상에 자료를 찾아놓고서는 교무실로 가 교실 키를 엄수현 선생께 반납하고 나간다.

"자, 그럼. 엄수현 선생님, 수고하세요!"

학교를 빠져나오니 저녁 시간이다. 하는 수 없이 밖에서 간단히 칼국수 식당에 가 저녁을 해결하고 화명동 아파트로 귀가한다. 간단히 샤워하고 메시지 버튼을 누른다. 전화기는 오늘도 응답이 없다. 침대로 가 일찍 잠을 청하려고 눕는다. 오늘 하루를 되돌려보면서 생각해 본다. 복잡한 것 같지는 않은데 그런대로 분주한 하루였던 것 같다. 병길은 스르륵 눈을 감으며 깊은 잠이 들고 간간이 코 고는 소리가 들린다.

새벽녘 눈 뜬 병길은 베란다 거실 창문을 모두 열고 내부 공기를 정화하고 하늘을 본다. 음력 칠월 초순이라 초승달이 멀리 김해 신어산에 걸려 있다. 병길은 주방으로 가서 가스레인지에 있는 북어국을 데운다. 미리 준비된 걸 보니 어제 낮에 어머니께서 다녀가신 것 같다. 어머니는 밀양과 화명동을 오가시며 두 집 살림을 사시는 것 같아 마음이 무겁다는 생각이 든다. 아야코와 하루라도 빨리 날 잡아 결혼해야겠다고 생각하며 국을 떠 밥을 먹는다.

손목시계를 보니 아침 7시다. 대충 치우고 서재에 준비한 가방을 들고 아파트를 나선다. 어제 지상에 주차할 곳이 없어 지하에 주차한 애마를 시동 걸고 학교로 출발한다. 오늘 오후 2시에 김해공항 국제선으로 가야 한다는 걸 머리에 기억하고 염두에 둔다. 학교 앞이다. 신호대기를 받고 있는데 건널목에서 병길의 반 학생들이 모여 우르르 건너는 것이 그림처럼 보이는 것은 왜일까? 병길은 신호를 받아 학교 정문을 통과하여 주차장에 주차하고 곧바로 교무실로 간다. 교무실에 가니 교장 선생님께서 소식을 전달해 주신다.

"최병길 선생님! 9월 15일 청와대에서 포상받기로 일정이 잡혔다고 하니 그리 아시고 차질 없이 다녀오도록 하십시오!"

"감사합니다. 교장 선생님!"

병길은 교실로 향하기 전 교감 선생님께 선처를 부탁한다.

"교감 선생님, 오늘 오후에 일본에서 손님이 오기로 되어 있습니다. 양해 부탁드립니다. 그리고 내일 월차를 쓰도록 하겠습니다. 학생들 수업과제는 준비하여 반장에게 일임하겠습니다. 사정이 되시면 교감 선생님께서 한 번씩 돌아만 봐주십시오?"

"최 선생님, 고경아 선생이 없으니 그리해야겠지요?"

"네, 교감 선생님. 잘 부탁드립니다."

교실로 가니 반 학생들이 전보다 좀 더 성숙했는지 질서 정연하게 자리를 잡고 앉아 있다.

"차렷~ 선생님께 대하여 경례!"

"선생님, 안녕하십니까?"

"3일 동안 친구들 잘 쉬었나?"

"예! 선생님!"

"그래, 고맙다. 방학 보충수업 때문인지, 3일 쉬고 와서 그런지 너희 많이 성숙해졌다는 것 느끼나?"

오늘따라 모두 꿀 먹은 벙어리처럼 유난히 조용하다.

"그래, 선생님은 너희가 어른이 되어 간다는 것을 안다. 얼마 남지 않은 3학년 수업이다. 선생님은 너희와 함께한 1년간 수업한 것이 정말로 보람된다. 그만큼 너희를 사랑한다. 선생님은 오늘 오후부터 내일까지 개인 사정이 있어 너희들과 수업할 수 없구나. 대신 반장에게 과제를 준비해 일임하겠다. 그리 알도록, 또 교감 선생님께서 둘러볼 것이니 교감 선생님께 흠 잡히는 행동하지 않도록 조심할 것, 알았나? 제군들!"

"네! 선생님, 명심하겠습니다."

"그럼, 수업 시작하자. 지난 방학 보충수업 때 여러분들이 이해가 부족한 부분을 다시 습작하는 것으로 문제를 풀어보도록 해라. 여기 흑판에 적어놓은 순서대로 한 번씩 확인하는 것도 여러분에게 수능시험 때 많은 도움이 될 것으로 생각한다."

"반장 김창식! 방금 이야기한 대로 선생님 사정이 생겼다. 교감 선생님께서 오시기로 했으니 그리 알고 지금 준 과제대로 수업하도록 해라, 알겠지!"

"선생님! 무슨 일 있으세요?"

"아니다. 사하구에 절이 있는 곳에서 중요한 행사가 있구나. 그래서 그렇단다."

"네! 선생님. 친구들 잘 챙기겠습니다."

"그래, 고맙다! 열심히 해보자."

점심시간을 알리는 소리가 들린다. "딩동댕!"

아이들은 식당으로 가고 병길은 교무실로 간다. 교감 선생님이 교무실에 계시다 최 선생을 보고 말한다.

"최병길 선생님. 어서 가보세요. 그래~ 그래요, 내일도 내가 잘 살필 것이니 어서 가보세요."

"교감 선생님, 감사합니다."

## 우연과 인연 사이

병길은 아야코와 아야코 부모님을 맞이하러 바쁜 마음으로 길을 나선다. 김해공항 국제선으로 가기 위해 차를 운전하여 공항 주차장으로 들어간다. 1층에 공간이 없어 2층으로 올라가니 한 군데 공간이 있어 주차한다. 바로 국제선 로비로 달려가듯 가고 있다.

삼일 뒤가 7월 7일(칠석날)이라 감천 관음정사가 있는 마을에서 마을 공동으로 합동 영혼 위령제를 올리는 날이어서 아야코와 부모님이 오신다. 병길은 혼자서 바쁘게 움직인다. 밀양에도 가야 한다. 병길은 어머니께 전화를 한다.

"띠리릭~ 띠리릭~"

"누구세요?"

"어머니, 병길입니다."

"아니! 그래, 아들. 아직 집에 올 때 멀었느냐?"

"어머니, 2시에 아야코와 아야코 부모님이 김해공항에 도착한답니다. 그래서 숙소에 모셔다드리고 가겠습니다."

"그러지 말고 밀양 집으로 모시지 그러느냐? 잠깐만, 영감! 전화 받아보세요."

"그래, 나다. 아들. 자네 어머니에게 들었다. 어지간하면 밀양 집으로 모시도록 하여라."

"네, 아버지, 여쭈어는 보겠습니다. 그럼 나중에 연락드릴게요. 아버지!"

"오냐!"

아직 도착하려면 10분이 남았다. 국제선 로비에서 기다리고 있는데 어디서 많이 본 아가씨가 다가오며 인사를 한다.

"최병길 선생님! 어쩐 일이세요? 혹시 저, 출국하는 걸 배웅 나오셨나요?"

가만 자세히 보니 고경아 선생이다.

"오늘이 출국 날이었나요?"

"실망인데요."라고 하자 병길은 미안한 마음이 든다. 그리고 고 선생의 목을 보니 자신이 준 수정 하트 목걸이가 채워져 있다.

"아~ 예, 조금 있으면 일본에서 손님이 온다기에 마중 나왔습니다."

"아~ 예." 하는 고 선생 얼굴이 조금 붉어지는 듯이 보인다. 병길은 고경아 선생이 자기에게 인사하지 않았으면 모를 뻔했다. 차려입은 모습도 예쁘다. 고 선생은 병길에게 손을 내밀며 악수를 청한다. 악수를 받아주고서는 인사한다.

"고 선생님! 잘 다녀오십시오!"

"최병길 선생님! 잊지 않겠습니다. 잘 계십시오. 감사했습니다."

그러고는 미국행 게이트로 가고 있다. 고 선생을 떠나보내고 시간을 보니 도착 시간이 지나고 있다. 주변을 둘러보는데 저기 한쪽에서 아야코가 조금 전 장면을 보고 있었다. 병길은 뛰어가서 아야코 부모님께 인사를 한다.

"오셨습니까, 기다리게 해서 송구합니다."

인사를 하면서 아야코 눈치를 보니 표정이 굳어있다.

"어르신! 소생의 부모님께서 밀양에 있는 집으로 모시고 오시라고 합니다. 감히 여쭈옵니다."

아야코 아버님은 아야코에게 의견을 묻는다. 서면 롯데호텔에 이미 예약하여 놓았기 때문에 하야시로서는 예약을 취소할 수가 없다는 것이다. 그래서 아야코 부모님을 모시고 서면 롯데호텔로 갔다. 병길은 '오시는 길 피곤하실 테니 편히 쉬시라'라고 인사를 하고는 호텔 숙소를 나온다. 아야코도 뒤따라 나오며 부모님께 말한다.

"아버지, 어머니, 쉬고 계세요. 병길 씨랑 밀양 부모님께 인사드리고 오겠습니다."

"오~소~소~소~"

"병길 군, 잘 다녀오시게. 그래요. 우리 딸이 가서 호텔 예약 관계로 함께하지 못해서 아쉬워하더라 말씀드려 주시게."

"네, 아버지 잘 말씀 올리겠습니다."

병길과 아야코는 함께 호텔을 나와 밀양으로 향한다. 고속도로에 들어와 아야코가 먼저 이야기를 꺼낸다. 병길은 '여자의 눈과 예감은 아주 예리해 드디어 올 것이 왔구나' 하면서 속으로 조금 긴장하고 있다.

"병길 씨, 조금 전 공항에서 참 다정하게 보이던데. 누구예요?"

병길은 속으로 '역시 메구'라고 인정하면서 말한다.

"응~ 우리 학교 선생님이신데, 미국에 공부하러 간다고 사직서를 내고 오늘 출국하는 날이더군. 아야코를 마중하려고 기다리는데 어디서 많이 본 분이 다가와 인사를 하는 거야. 자세히 보니 우리 학교 선생님이더라고. 공항에 어쩐 일이냐고 하길래, 일본에서 오는 사랑하는 정인을 마중 나왔다고 했지. '아~ 그러냐.'라고 하며 악수 청하길래 '잘 다녀오시라'라고 악수한 게 다야."

"병길 씨는 그 선생님 이름을 모르시나 봐요?"

병길은 '아차, 큰 실수를 했다'라는 직감을 하고 얼른 이름을 댄다.

"으응~ 그 선생님 고경아 선생님이라고 해."

"그런데 조금 전에 말씀하실 때, 왜! 그 선생님 이름을 말해 주지 않았어요?"

"미안, 미안. 사랑하는 사람이 옆에 있는데 그 선생님 이름을 왜 불러!"

아야코는 아까보다 조금 기분이 풀리긴 했지만, 여전히 의심스러운지 '분명 뭔가 있는 것 같은데' 하는 눈치다. 병길은 속으로 '메구도 저런 메구는 없을 거야' 하고 속말을 한다.

"병길 씨, 사랑해요! 그리고 미안해요! 아야코가 성향이 매우 예민해지고 날카롭게 되는군요."

병길은 오른손으로 아야코의 손을 잡으며 말한다.

"병원 갈까?"

병길은 밀양 집에 도착할 때까지 구차한 변명만 쏟아내며 온 것 같아 입안이 씁쓸하다. 차를 주차하고 아야코가 내리게 문을 열어준다. 둘은 현관으로 들어서며 인사한다.

"아버지, 어머니, 저희 왔어요!"

"어머니, 잘 계셨어요?"

"그래, 어서들 오너라. 그런데 어르신은?"

"네, 어머니. 미리 일본에서 예약해서 아버님 성품상 취소를 못 해 편히 쉬시게 하고 저희만 왔습니다. 안 그래도 함께 하지 못해 송구하다고 전해 달라는 말씀도 하셨습니다."

"아! 그래~ 그랬구나!"

아버지가 방에서 나오시며 괜찮다고 말한다.

"그래, 잘하셨네. 여보! 얼른 저녁 차리시오. 함께 합시다."

"네, 그래야지요! 너희들 오면 함께 한다고 기다렸단다."

"아버님, 시장하시겠어요? 죄송합니다. 빨리 서두를 걸 그랬습니다. 오랜만에 다 같이 식사하는데…."

아야코가 미역국을 한술 뜨다가 갑자기 헛구역질하며 욕실로 뛰어간다. 어머니가 뒤따라가 토하는 아야코 등을 두드려 주며 토닥토닥해 준다.

"아야코! 괜찮아요?"

## 아야코의 임신

아야코는 지난번 왔다 가고 그날이 한 번 빠진 것을 그냥 지나쳤는데 이런 결과가 온 것이다. 속으로 임신한 것 같다는 느낌이다. 곁에 도와주는 병길 어머니를 보며 미안해한다.

"어머니, 죄송해요! 저~ 임신한 것 같아요."

병길 어머니는 반색하며 좋아한다.

"세상에나~ 아가~ 축하한다."

그러면서 아들을 호들갑스럽게 부른다.

"아들! 아들!"

"네, 어머니! 왜 그러세요?"

어머니는 다가온 아들을 보며 등을 반갑게 친다.

"자네, 이제 아버지가 되었네 그려."

병길 어머니는 병길과 아야코를 남겨두고 영감에게로 와서는 자랑하듯이 말한다.

"여보! 당신, 이제 할아버지가 될 거예요."

"뭐라고요. 정말 그래요." 하며 입이 귀에 걸리듯이 좋아한다.

아야코와 병길은 조심스럽게 부모님이 있는 거실로 다가온다. 병길은 아직 결혼 전이라 그런지 부끄러워하면서 자기 머리를 긁적이며 말한다.

"아버지, 어머니, 죄송합니다."

"무슨 소리를 해. 집안에 경사가 났는데 말이야. 아무튼 고맙네! 허허허!"

"이제 아야코 양은 우리 가족이니 몸을 특별히 조심해야 한다네. 아이고 이쁜 아야코."

아야코도 기쁘면서도 부끄러워 얼굴을 들지 못한다. 병길은 이제 아야코를 부산 롯데호텔 숙소로 데려다주기 위해 길을 나서려고 한다.

"그럼. 아야코를 어르신 계신 곳에 데려다주고 다시 오겠습니다."

"그래~ 그래라. 조심해서 다녀오너라."

병길은 아야코를 차에 태워 조심스럽게 고속도로를 달리며 아야코 손을 꼭 잡아주며 사랑스럽게 이야기한다.

"아야코! 나를 아버지가 되게 해 주어 고마워."

"조심스럽지 못해 죄송해요. 병길 씨! 이해해 주어 감사합니다." 하면서 기쁨의 눈물인지 아야코는 울고 있다.

"울긴, 왜 우는 거야? 이 기쁜 날 울면 아기에게 해로우니 울지 마!"

병길은 정말 진심 어린 마음으로 이야기하며 내일 병원에 가보자고 한다. 롯데호텔 VIP 주차장에 주차하며 달랜다. 이러다 눈물 자국으로 부모님을 대면하면 되겠냐며 화장을 손보라고 이른다. 그러면서 아야코를 다정하게 살포시 안아준다. 그러자 아야코는 병길을 보며 '씩' 하고 웃는다.

"그래, 그렇게 웃어야지. 우리 서로 잘하면 잘 될 거야. 힘내자고!"

손을 꼭 잡고 엘리베이터를 탄다. 직원의 안내로 13층 문이 열리고 어르신이 계신 곳에 다가가니 거실에서 두 분이 대화를 나누고 있다.

"아버님, 다녀왔습니다."

"병길 군! 수고했네. 어서 오시게. 그래, 부모님께는 잘 말씀 드렸는가?"

"네, 잘 이해하신다고 하셨습니다."

"역시, 그 자제의 어른이시군."

"그럼, 어르신. 편한 밤 보내시길 바랍니다." 하고 인사를 한다.

"병길 군, 오늘 여러모로 고마워. 조심히 가시게."

아야코는 옆방에 함께 있기를 바라지만 예의가 아니라며 그냥 물러 나온다.

"아버지! 병길 씨 배웅해 드리고 오겠습니다."

"오케이!"

아야코는 VIP 주차장 문 앞에서 병길에게 키스한다.

"화명동까지 조심히 가세요. 그리고 내일 병원에 가서 임신 여부를 확인하고 부모님께 말씀드릴게요."

"그럼~ 그리해야지요, 오늘 좋은 꿈 꾸고 잘 자요. 아야코 공주님!" 하니 아야코가 생긋 웃는다.

병길은 차를 움직여 나가며 창문을 내려 손을 흔든다. 아야코도 손을 흔들며 90도로 인사한다. 아야코는 위로 올라가는 엘리베이터 속에서 아랫배를 가만히 만져 본다. 지금부터 많은 생활이 바뀌겠다는 생각을 몸으로 느끼며 내조를 잘 할 수 있을지 가늠하는 것 같다. 숙소로 들어와 아버지께 돌아왔다고 보고를 하고는 부모님 계신 옆 방으로 들어간다.

아야코는 방에 들어와 옷을 벗고 욕실로 들어간다. 샤워기 물을 따뜻하게 틀어놓고 물폭을 맞으며 긴 머리칼을 씻는다. 고개를 드니 머릿결이 출렁하며 포물선을 그리며 등 뒤로 자리한다. 두 손을 가슴에 두고 유두를 조심스레 씻는다. 미래에 아기가 사용할 것을 생각하면서 한 손은 아랫배를 쓰다듬는다. 이렇게 엄마가 되어 가는 것이겠지, 생각하면서 많은 게 서툴다는 걱정도 앞선다.

한편 병길은 화명동으로 가면서 아버지께 전화를 드린다.

"뚜~ 뚜~"

"그래, 병길이가?"

"네, 아버지! 아야코를 어르신께 데려다주고 화명동으로 가고 있습니다. 내일 병원에 함께 가보기로 하였습니다. 그러니 걱정하시지 마시고 편히 주무세요. 내일 연락 올리겠습니다. 아버지!"

"오~냐!"

병길은 화명동 아파트에 도착해 지상에 주차하고는 차에서 내리지 않고 의자를 뒤로 넘겨 비스듬히 누워 생각에 잠긴다. '내가 아버지가 된단 말이지' 속으로 되뇌며 누나에게 전화를 건다.

"띠~익 띠~익"

전화음도 이상하게 들리는 묘한 기분이다.

"아니, 동생, 어쩐 일이야? 이 밤에 엄마 집에 무슨 일 있는 거야?"

누나는 주방에서 일하다가 전화를 받는지 프라이팬이 떨어지는 소리가 요란하다.

"누나, 아무 일 없어. 놀라게 해서 미안해요."

"동생이 그냥 전화할 사람이 아니거든? 어서 말해봐!" 하며 다그친다.

"여하튼 누나는! 누나 한 가지 물어볼 게 있어?"

"병길아! 어서 말해. 누나 숨 넘어가~"

"있잖아, 누나가 다니던 산부인과. 믿어도 돼?"

"동생이 왜! 산부인과가 필요해?"

"사실은 사귀는 아가씨, 아야코 검진을 받으려고 그래."

"뭐, 그렇구나. 병길아! 축하한다. 아빠가 되겠구나!"

"여하튼 여자들은 촉이 빨라 가지고는…."

"걱정하지 마! 내가 전화해 둘 테니. 가서 김경아 선생님을 찾아! 그러면 검진을 친절히 잘해 주실 거야."

"누나, 고마워!" 하고 전화를 끊는다.

그리고 차에서 내려 집으로 들어가 아야코에게 전화를 건다. 신호가 가는 것을 느끼려는데 저쪽에서 먼저 이름을 부른다.

"병길 씨! 집에 잘 가셨어요?"

"응, 여기는 화명동 집이야. 내일 범일동에 있는 문화병원에 아침 9시 예약을 해두었어."라고 이야기하고 "일찍 갈게" 하고 전화를 끊으려는데 아야코가 다정하게 말한다.

"병길 씨! 사랑해요! 고마워요!"

"그래요. 편안히 잘 자요." 하고 전화를 끊는다. 병길은 바로
씻고 잠을 청한다.

# 작은 참회

다음 날 아침, 병길은 급하게 세수만 하고 롯데호텔로 가고 있다. 시간을 보니 7시다. 어르신께서 아침 식사를 함께하자며 호출을 한 것이다. 호텔에 도착하니 식사 전에 어르신은 병길 군에게 할 이야기가 있다고 하면서 소파로 이끄신다.

"병길 군, 참으로 인연이란 법향이 서로에게 거리를 가깝게 되기를 간절히 원하네. 이것이 내 본심이네. 아야코도 아야코 이지만 앞으로의 일, 정치적으로 오늘날 한일 관계가 불편한 사항이 많이 있다는 것을 안다네. 그렇지만 이웃에서 결국에는 같이 동반자 관계로 살아가야 하는 게 현실이라네. G2와 EU 강대국 경쟁 관계에서 협력 관계로 일본을 보아야 한다네. 한국 역사는 한반도에서 보이질 않으며 세계사 속 21세기까지 살아오면서 동아시아에서 그 해답을 찾을 수 있지 않을까 한다네."

"우리는 역사 인식을 바르게 하여야 할 필요가 있다네. 본래 한일 관계가 어긋나기 시작한 것은 과거 섬과 섬 사이 끊임없는 노략질로 수백 년 정당하지 못한 도발이 있었지. 물론 더 될 수도 있고 더군다나 조선시대와 근대시대에 걸쳐 임진왜란(1592년, 선조 25년)을 시작으로 일본의 도요토미 히데요시 정권의 두 차례 침략 때 칠 년간 침략했다가 물러간 그것이 큰 고통이지.

1909년 10월 26일 이토 히로부미가 죽게 된 하얼빈의 안중근 사건도 어쩌면 한일관계의 2300년 교류하는 역사, 한·일 관계의 어긋나는 수많은 세월이라 생각하네."

계속 이어서 말씀하신다.

"아직도 양국의 상식에 어긋나는 일본은 일본 역사서인 일본 서기와 고사기를 비롯하여 고대사 콤플렉스가 있다네. 역사 왜곡을 많이 하였지. 문제는 한반도로부터 문화와 문명이 전해졌다는 것을 축소하려는 것이었지. 대륙문화 역시 바로 그것이라네. 거기에 반해 한국은 근대사 콤플렉스가 있어 일본을 무시하는 경향이 다분히 있지. 그것은 한일 간의 국민적 상식이 통용되지 않은 문화적 차이라고 할까. 아마 이것을 극복하지 못하면 앞으로도 많은 세월 동안 대화 접근이 어긋나는 날이 많을 거야."

"어느 역사책을 보더라도 2300년 전에 한반도에서 무슨 일이 일어났는지를, 왜 그들이 배를 타고 해류를 따라 규슈로 갔는지 명확한 기록이 없다네. 그 당시 수많은 전쟁이 일어났다는 설만 무성하지. 2300년 전에 고조선이 서서히 멸망하기 시작하고 있었지. 그 원인은 연나라의 철기문화가 침투하였기 때문이라네.

일본은 신석기시대 아이누족이 조몬토기를 사용할 때 한국은 빗살무늬 토기를 사용하고 있었어. 2300년 전에 집단으로 고조선인들이 배를 타고 해류 따라 일본 규슈로 건너갔지. 여기에서 아이누족 채식과 열매로 음식 문화를 일궈 왔지. 조몬 문화가 형성할 때 이주해 온 고조선인들의 쌀농사와 청동기 문화를 어느 날 아이누족이 접하게 된 것이네.

자연적으로 고조선인과 아이누족 혼혈이 이루어지며 요시노 가리 유적(좋은 들판이 있는 마을이란 뜻. 기원전 5세기~기원전 3세기까지 야요이 민무늬. 한 반도인의 이주로 시작된 야요이 문화 즉 청동기 문화) 토기 시대가 이어지고 어찌 보면 70% 또는 30% 형제자매랄 수 있는 게지. 임진왜란, 조선의 국권 침탈, 일제 강점기 시대 등 한국인의 원수 같은 시절이 있었던 거지. 일본인들 역사 흐름 속에 짧다면 짧고, 길다면 긴 그 악몽 같은 시절이 있었던 거지. 오늘날 암담한 정치 현실 앞에 양국 국민 사이 그 벽만 높아가고 있다네."

병길은 가만히 듣고만 있다.

"병길 군, 내 본래 이름은 한국인에게 공분을 살 도요토미 가의 먼 직계 후손 도요토미 하야시일세. 과거 조상들이 저지른 한국과 동남아시아에 대한 크나큰 잘못을 긴 세월 반성하면서 지내왔다네. 지금도 머리 숙여 반성하고 있네. 그 일례로 야스쿠니 신사에는 방문하지 않고 있네. 역사는 예나 지금이나 왜곡되고 있는 걸 보면서 그저 가슴이 아플 뿐이라네."

"일본 외무성 깊은 서고에는 과거 끔찍하고 민감한 기록들이 아직도 보관되어 있을 거야. 정부에서는 그것을 영구 비밀로 묻어두고 있는 현실이라네. 1945년 한국 해방 이후 6ㆍ25 한국전쟁과 각종 사회 문제가 있었지. 미국의 맥아더 장군은 일본 천황제도를 끝낼 수 있었는데 그리하지 않았네. 미래의 미국과 일본이 손익 계산을 한 것이지. 미국은 태평양전쟁이 일어나기 전에 일본에 경제 제재가 있었지. 그 이유는 중국을 먹으려고 하였으니까. 그런데 일본의 군부가 강하여 미국을 상대로 전쟁을 일으키게 된 것이 태평양전쟁이지. 그래서 동남아시아 전체가 전쟁의 소용돌이에 들었지."

"미국이 무서운 것은 태평양전쟁 때 일본을 길들이려고 전 국토를 비행기로 폭격하였는데 원자폭탄을 처음부터 터트리려고 하였다네. 열일곱 곳을 선정하여 검토하다 최종 나가사키와 히로시마를 택한 거지. 왜 일본인들은 나가사키와 히로시마에는 비행기 폭격이 없는 거야. 이웃 마을에는 폭격하면서 말이야. 그래서 원폭 위력을 확인하기 위해 인구 밀집 지역을 선정하고 만든 거야. 재미있는 것은 미국은 원폭이 투하된 곳에 원폭 피해 연구실을 만든 것이지. 원폭으로 인하여 돌아가신 분의 시신을 돈으로 사들여 연구자료로 사용하게 되었지. 일본인들은 그래서 무서울 정도로 현실적이라는 것이지. 당연히 미국이 일본을 고통스럽게 하였는데 미워해야 하는데 일본인은 한국인이 상상할 수 없는 점령군을, 즉 미국을 좋아한다는 것이야. 한국인의 상식으로는 이해가 안 되는 거야. 일본인에게 그와 같은 사항을 질문하면 돌아오는 답변이 어떤 것이 현명하냐고 서슴없이 이야기한다네. 그 당시 '맥아더를 미국 대통령으로' 하고 외쳤지. 그래서 트루먼이 군에서 예편 시킨 거야, 지금 정치인들은 현실에 근거하여 멀리 보지 않는다는 것이 문제일세. 일본 정치인들이 대국적으로 진실한 과거사 화해를 하였으면 얼마나 좋겠냐마는 현실은 현실일 뿐인 그것이 안타까울 뿐이네."

"내 조상의 지난날 잘못을 오늘 병길 군에게 이 후손의 한 사람으로 참회하네. 참으로 부끄러운 우리 조상의 과거사일세.

미안하구먼. 그 당시 어쩔 수 없는 시대적 일이었다고 하는 사람들도 있지. 없지는 않네. 그러나 나는 그것이 잘못되었다는 신념이 앞서네. 인간의 보편적 가치는 그 무엇과도 바꿀 수 없다는 것을 말이야. 하 많은 세월이 흘러도 변할 수 없네. 마침 자네가 학교에서 역사 선생이라 하니 한결 무거운 짐을 내려놓는 마음이네. 한 사람의 일본 국민으로서 깊은 참회의 용서를 바라네."

병길은 놀라움을 감추지 못하였다. '임진왜란의 원흉 도요토미 가의 먼 후손이라니' 당황함을 감추려 하는데 어르신은 "식사가 준비되었나 보군" 하면서 "자, 병길 군. 식사하러 가시자고" 하면서 소파에서 일어나신다.

병길은 간신히 엉거주춤 일어나면서 어르신께 "과거사 이야기를 해 주신 것에 감사드린다"라고 말하자 오히려 "너무 늦게 이야기해 미안하다"고 하며 손을 잡고 식탁으로 안내한다. 함께 아침 식사를 하고 병길은 아야코 아버지에게 말한다.

"어르신, 아침 먹고 저희는 잠시 어디 들렀다가 위령제에 가겠습니다. 아래 VIP 손님 차량을 아야코가 준비해 두었습니다. 그 차량에 승차하시고 목적지로 먼저 가시면 저희도 곧 따라가겠습니다. 함께 모시지 못해 죄송합니다."

"그렇게 하겠네. 나중에 현장에서 보세!"

병길은 곧바로 밀양 아버지께 전화해 "병원에 들렀다 가겠다'라고 말하고 "아버지께서 직접 운전해 가시겠습니까?"라고 묻는다.

"아들, 걱정하지 말고 병원 갔다가 천천히 오시게. 아비가 운전하여 갈 테니 걱정하시지 말게.”

“아버지! 죄송합니다.”

“글쎄, 아니래도. 어서 병원 가시게나.”


병길은 아야코와 함께 범일동 문화병원에 들어가 김경아 선생님을 찾는다. 간호사가 다가오며 '김경아 선생님 찾으시는 분인가?' 물어온다.

“네, 그렇습니다.”

“제가 안내하겠습니다. 따라오세요.”

안내해 주는 곳으로 가니 의사 선생님이 반갑게 맞이해 준다.

“병길이 동생이구나, 오랜만이네! 알겠어? 내가 병길이 누나 친구야!”

병길은 그제야 안면이 있는 경아 누나를 알아본다.

“경아 누나, 몰라뵈어 죄송합니다.”

“괜찮아, 세월이 얼마나 흘렀는데. 모를 수도 있지. 자, 그럼. 동생은 잠시 밖에 대기실에 가 있으면 모든 검진을 하고 결과를 알려줄게요.”

병길은 아야코를 남겨두고 대기실로 나와 있다. 30분 정도의 시간이 지나고 김경아 의사 선생님과 아야코가 함께 대기실로 와서 상세한 이야기를 해 준다. 먼저 아야코 표정이 밝다.

“자, 잘 들으세요. 아야코는 임신한 게 맞아요. 지금 임신 3주입니다. 사진상으로 보니 아기가 잘 호흡하고 있어요. 병길 동생! 축하해요!”

축하의 악수를 청하는 경아 누나와 악수한다.

"2주 후에 한 번 더 내원해야 해요."

대기실을 나가는 의사 선생을 뒤로하고 병길은 기분이 좋아 아야코를 번쩍 들어 올리려 한다.

"고마워! 아야코!"

"조심해요. 아기가 놀라요! 어서 내려 줘요."

병길은 아야코와 병원을 나와 차를 타고 천천히 감천 문화마을로 가며 어머니께 전화를 했다.

"어머니! 병길입니다."

"그래, 병원에 간 일은, 뭐라고 그래?"

"어머니, 아야코가 임신 3주래요!"

"그래, 이 일을 어찌하나. 아무튼 아들, 축하하네."

"곧 가겠습니다."

## 영혼 위령제

　한편 무산 스님은 위령제 하루 전날 천덕수 우물과 옥녀봉을 돌아본다. 몸으로 영기를 느끼고 염불을 하듯이 영가들에게 알려준다.

　"내일 7월 7일, 칠석날 10시에 위령제를 봉행하니 이곳의 일체 영가여 함께 참여하시라" 하고 내려왔다.

　무산 스님은 밤에 홀로 우물가로 갔다. 일본인 처녀 영혼 아야코가 와있다. 스님을 보자 아야코 영혼이 "스님! 감사합니다." 며 공손히 합장으로 인사를 하고 우물에서 안개 속으로 사라진다. 무산 스님은 반야심경을 독송하고 선방으로 돌아온다.

　다음 날 아침이 밝았다. 그동안 위령제를 함께 준비한 통장이 찾아온다.

　"스님! 소인 왔습니다."

　"그래요. 통장님. 아침 공양은 드셨습니까?"

　"네, 스님, 그리고 위령제 제반 준비를 다 했습니다. 천덕수 우물 주변에 제물을 차려두었습니다."

　"그래요! 조금 있으면 범패 스님들께서 들어오시면 그리로 나가겠습니다."

"그리고 스님! 구청장님은 시간 맞춰 오시기로 하였습니다."

잠시 뒤 범패 스님들이 위령제를 봉행하기 위해 오신다. 무산 스님은 범패 스님으로 오신 네 분을 모시고 행사장으로 가는 중에 마을주민과 관광객, 밀양에서 온 처사님 내외분과 가족들, 그리고 일본에서 온 아야코 양 부모님 등 여러 사람이 하나둘 자리에 앉거나 모여들고 있다.

범패 스님들 네 분은 위령 법회를 준비하고 있고, 무산 스님은 여러 사람이 앉아 있는 곳으로 가 합장으로 인사를 한다. 특히 최병길 청년의 가족과 일본에서 온 아야코 양 가족에게 남다른 관심을 보이며 합장 인사를 한다. 무산 스님은 최병길 군과 아야코 양 가족이 만나 양가 부모님끼리 상견례 하듯 인사 나누는 모습을 감명 깊게 바라보고 있다.

'그래 우리나라와 일본의 관계가 저런 모습으로 아름답게 변화되면 얼마나 좋을까. 앞으로 후손들에게 가슴 아픈 상처를 주지 않고 싸우지 말아야 할 텐데' 하는 걱정을 하면서 위령 행사 단상으로 가다가 마침 동장과 구청장이 오는 것을 보고 합장 인사를 한다.

"아이고~ 청장님! 바쁘실 텐데. 이렇게 자리를 빛내주시는군요, 어서 오십시오. 여기, 여기 중간에 동장님과 나란히 착석하시면 되겠습니다."

이어 무산 스님은 행사를 위해 단상에 올라 마이크를 잡고 위령제를 진행한다. 마이크를 잡은 두 손에 더욱 힘이 쏠린다.

"자, 그럼. 지금부터 '영혼의 바람 위령제'를 봉행하겠습니다."

"오늘 이 위령제에 많은 분이 참석해 주셔서 먼저 감사 인사를 드립니다. 행사를 진행하기에 앞서 이 위령제를 기반으로 각자 상생과 화해를 하며 넓게는 한국과 일본이 유구하게 흘러온 역사적 상처를 전 후생과 미래를 통틀어 화해하고 상처가 치유되기를 바랍니다. 이 지역 구정을 맡아 열심히 수고하시며 바쁘신 중에도 이리 함께 자리해 주신 김민철 구청장님을 모시고 격려사를 듣도록 하겠습니다."

참여한 모든 분의 박수를 받으며 단상에 오른 김민철 구청장이 인사한다.

"여러분! 반갑습니다. 사하구청 구청장, 김민철입니다. 감천 문화마을에 이와 같은 행사를 주관할 수 있게 되어서 너무나 감개무량합니다.

마을주민의 안녕과 사회의 안녕, 국가 간에 특히 한일 간의 상처가 아물고 화해가 이루어졌으면 합니다. 지금도 격변하면서도 도도히 흐르는 국제정세에 호응하는 미래지향적인 번영이 한일 간에 있기를 소망합니다. 또한 감천 문화마을의 안녕과 번영도 기원합니다. 감사합니다."

이어서 무산 스님은 함께 자리한 내빈들을 소개한다.

"오늘 이렇게 위령제에 많은 도움을 주신 분에 대한 소개와 인사가 있겠습니다. 먼저 전 국세청장으로 봉직하시다 정년 퇴임하신 최병국 청장님을 소개하겠습니다."

병길의 아버지는 얼른 단상에 오른다.

"구청장님, 동장님 귀빈 여러분, 주민 여러분과 함께할 수 있어서 감개무량합니다. 최병국이올시다. 감사합니다."

무산 스님은 다음으로 일본에서 오신 아야코 부친을 소개한다.

"안녕하시므니까? 하야시올시다. 이곳에 자리하신 귀빈과 지역 관계자 여러분, 주민 여러분, 반갑게 맞아 주심을 감사드립니다. 사실 소인은 부끄럽지만 한 가지 수많은 세월 지난 과거사를 소개해 올리며 여러분에게 용서를 바랍니다. 소인은 먼 옛날 도요토미 가의 직계 후손의 한 사람으로 도요토미 하야시입니다. 국가의 정치적 신분이 아닌 것에 깊은 유감으로 생각합니다. 민간인 신분이기에 이 자리에서 과거 소인의 조상이 저지른 잘못을 참회하며 머리 숙여 용서를 구합니다."

그 말을 들은 주변 사람들은 웅성웅성했다. 소개가 끝나고 무산 스님이 말씀하신다.

"이 자리가 일본과 한국 과거사 화해의 장이자, 먼저 간 한·일 간 흩어져 있는 선망 영가의 위령제에 오신 하야시 님께서 어려운 말씀을 용기 있게 해 주신 점에 대해 그 품위를 높이 삽니다. 오늘 이 자리 이런 참회의 마음마저 담은 영혼 위령제가 되기를 소원합니다."

무산 스님은 위령제 범패 스님들께 위령제 시작을 알린다.

"거불을 진행하여 주십시오!"

알림과 동시에 범패 스님들 네 분은 우렁차게 위령 천도 작법을 시작한다.

첫 번째로 옹호게를 한다.

'시방에 두루 하신 무량 불보살님들과 도량을 옹호하는 여러 하늘과 할부 성현을 모시어 금일 모든 영가를 천도하는 법요에 증명이 되어 주도록 청하는 의식이다'

(옹호게) 게송

奉請十方諸賢聖 / 봉청시방제현성
시방의 여러 현성님들께 받들어 청하옵니다.

梵王帝釋四天王 / 범왕제석사천왕
대범천왕, 제석천왕, 사천왕님과

伽藍八部神祈衆 / 가람팔부신기중
가람을 수호하는 팔부 신중님들은

不捨慈悲願降臨 / 불사자비원강림
자비를 버리지 마시옵고 강림하소서

(현좌게) 성현들에 자리를 드리는 게송

我今敬說寶嚴座 / 아금경설보엄좌
제가 지금 경건하게 보배자리 마련하여

奉獻一切聖賢前 / 봉헌일체성현전
일체 성현애 받들어 올리니

願滅塵勞妄想心 / 원멸진로망상심
원하옵건대 번뇌티끌 망상심을 없애고서

速圓解脫菩提果 / 속원해탈보리과

속히 해탈하여 보리과를 원만히 하소서

(헌자진언)

"옴 가마라 승하 사바하…"

시련 절차가 끝나고

"거불, 나~~무 극락도사 아미타불….'

"아미타 부처님께 귀의합니다."


이어지는 '천수 바라춤'으로 불보살을 찬양하고 연꽃으로 작법을 드린다. 위령제 동참자 합동 축원을 드리고 대한민국과 일본의 상생과 화해 축원을 한다.

유주, 무주, 애혼이 자리에 동참한 여러 영가들에게 오늘 이 부처님 법문으로 서방정토 극락세계 구품연대 상품상생 하시길 축원한다.

생, 과, 사.

"모두 함께, 다 함께 성불합시다"

참석한 모든 사람들이 경건하게 위령제를 지켜보고 있다.

어느덧 위령제도 마지막 기도에 이르렀다.

"오늘 이 위령제를 모두 마치도록 하겠습니다. 동참해 주신 내외 귀빈님께 감사드립니다."

모든 사람이 힘찬 박수로 서로 화답하고 자리를 일어선다.


모두가 해산하고 무산 스님 절에 밀양에서 온 최병길 청년 가족과 일본에서 온 아야코 양 가족 부모님이 함께 있다.

무산 스님 주선으로 선방에서 양가 상견례를 한다. 서로 맞절을 하고 양가 가족들은 양국의 민간 교류로 과거사 사과와 반성, 화해의 상징이 되어 꽃으로 피게 하려는 것이다.

양가 가족들은 무산 스님께 합동으로 삼배를 올린다.

"큰스님! 감사합니다."

이에 무산 스님은 아야코 아버지에게 다가가 말한다.

"하야시 처사님! 오늘 그러한 용기에 감사를 드립니다. 노구에 건강하시길 기원합니다." 함께 한 구청장 및 내빈들도 서로 두 손 합장 인사를 나누고 귀가하며 웃음 꽃을 피운다.

최병길 군과 아야코 양은 무산 스님과 양가 부모님의 환송을 받으며 김해공항으로 출발한다.

오후 3시다. 김해공항 국제선 활주로에는 한국의 최병길 군과 일본의 아야코 양이 탑승한 일본 도쿄행 비행기가 힘차게 비상하고 있다.

저자의 말과 시놉시스

한국 남자와
일본 여자의
영혼의 사랑!

영혼의
바람

## 영혼의 바람

바람이 인다. 먼 길을 돌아온 인연이 회오리가 되어 하늘로 이륙한다. 영혼의 바람은 그렇게 불고, 그렇게 만나 용 올림이 되어 날아간다.

법력이 진중한 무산 스님이 감천 문화마을에 정착한 지 벌써 만 12년이 되었다. 여기에 오기 전부터 마을은 변화의 물결을 타고 서서히 알려졌었다. 2009년, 감천 문화마을은 문화관광부 프로젝트에서 '미로미로, 마추픽추'로 선정되고, 그로부터 당시 문화마을은 변신을 위해 많은 채비가 한창 중이었다.

2010년 2월, 무산 스님은 이 마을에 처음 들어오면서 생각했다. '참 재미있는 마을이다.'라고 하면서 골목을 걸어들어온 기억을 더듬고 있다. 골목과 골목이 미로 같이 거미줄처럼 되어 있는 곳에서의 순응을 생각했다. 스스로 한 마리 거미가 되거나 아니라면 거미의 밥이 되어야 하는 것이었다. 때로는 거미와 술래잡기하듯이 생활하는 풍경에 재미를 느끼며 생각에 잠겼다.

자연계 질서 속에 엄연한 약육강식의 질서 안에서 소통이 필요하다는 마음 가득 안고 미지의 잠재적 상황 안에서 파도처럼 밀려오는 아련함을 끌어안고 있었다. 사람으로서 거미줄처럼 모든 것을 이어가며 소통해야겠다는 뜻을 받아들인 기억을 하고 있다. 인간은 만물과 더불어 어울리며 사색하는 영장의 동물인 까닭이다. 무엇이 옳고 그름을 지극히 판단할 줄 아는 영장이기 때문이다.

그것은 이건 옳고 저건 나쁘다는 이분법의 분별은 있다 하더라도 중생계의 일반적인 안목으로는 조물주의 경지가 아니기 때문이다. 그것을 아는 데까지 스스로 수행이 필요한 대목이다. 그것을 이루어낸다면 '즉견여래即見如來'다. 즉, 바로 부처를 볼 수 있다는 뜻이 아닐까.

무산 스님은 이 마을로 들어와서 마을을 둘러보면서 언제부터인가 지나온 과거와 현재의 시대 흐름과 사건에 대한 글을 쓰고 싶어 했다. 과거 조선시대(고종 13년 1876년 2월 27일)에 일명 '강화도조약'이라는 것을 일본과 체결하게 되었다. '부산포'라는 근대 무역항이 개항되고부터 항구와 가까운 이 마을 지역은 은연중에 일본인으로부터 많은 수탈과 불이익을 감수하며 어려움을 감내해 왔다. 세월이 많이도 흘렀지만, 현재도 진행 중이라는 의구심이 들고 있었다.

한일 간 국격에 맞지 않게 첨예한 대립이 무엇이겠는가? 과거나 현재에 이르기까지 바로 '소통의 부재'로부터 오는 것이다.

거미줄처럼 모든 '실상'이 연결된 것을 바르게 보면 소통 못 할 이유가 무엇이겠는가? 그것은 멀리 보지 못한 '집착'이라고 볼 수밖에 없다. 글로벌 5G 시대를 여는 시대에 부끄러운 자세가 아닐까. 이것을 풀어내어 화해의 장으로 불러들이고 싶다는 생각을 가진 것이다.

본 작품에 등장하는 가상의 주인공인 남자 '최병길'과 여자 일본인 '아야코'를 매개로 얽혀 있는 두 주인공의 이야기를 풀어가고자 한다. 이 작품에 등장하는 인물~장소 가상임을 밝혀둔다. 시간적 공간 역시, 또는 사회적 역사적 내용 일부 가상으로 전개하였다는 것을 밝혀두고자 한다.

어느 날 일본인 처녀 아야코라는 영혼이 마을 우물가에서 한 스님과 접신하게 된다. 영계 세계와 현실 세계가 만나 대화를 나누는 과정에서 과거 일제 강점기 때 있었던 이야기가 드러난다. 여자 주인공 아야코의 영혼이 그 당시 생존해 있을 때 일어났던 일과 본인이 죽은 상, 그리고 환생한 뒤 꿈속에서 이곳 감천동 마을을 자주 찾게 되는 것을 이상하게 생각한다. 그러면서 실제로 일본에서 이 마을을 찾아와서 전생의 영혼을 접신한 스님을 만난다. 그동안의 과정을 이야기로 들으며 확인하고 마을에 머물고 있다.

그때 평소 스님과 친분이 있던 환생한 남자 주인공 최병길이라는 청년이 스님을 찾아오면서 상황은 전개된다. 이 마을과 관계된 이야기를 하다가 스님은 마침 마을에 머무는 일본인 아야코 양을 불러 인사시킨다. 무산 스님은 "아마도 전생에 연이 이어진 것으로 생각 드니 한번 사귀어 보라."고 권한다. 그리하여 둘은 서로의 사랑을 싹틔우게 된다. 그동안 접신한 과거 일본인과 관계된 영혼들을 위한 위령제를 올려드린다. 그러면서 가족과 마을, 일본과 한국 간에 정치적으로 풀지 못한 대립을 이러한 문화적 접근으로 풀어내고자 하는 바람이다. 양국의 커가는 미래 젊은이들을 위해 미래지향적 번영을 꿈꾸게 하고 싶어 이 작품을 쓰게 된 것이다.

마지막 장면은 지역 관계기관과 마을 사람들, 두 주인공의 가족들과 함께 위령제를 지내고 있다. 두 주인공은 영혼의 바람으로 합쳐 모든 것을 안고 하늘로 오른다. 김해공항에서 일본으로 가는 비행기를 타고 이륙한다. 비행기는 낙동강 하굿둑을 지나 노을을 가로질러 멀찍이 날아가고 있다.

※ 필자는 이 소설을 쓰면서 현재까지 이웃나라 일본과 한국의 옛 상처가 아물지 않고 정치적인 깊은 골짜기를 이루고 있으에 오래도록 마음에 안타까운 생각을 품고 있는 차에, 현재 주석하고 있는 이곳에 인연이 되어 역사적으로 가슴 아픈 상

처들을 치유~환경 조성을 이루는 이야기를 한번 써 보고자 마음을 가졌다.

처음(2010년. 2월에) 이곳 감천마을에 들어오면서 마을이 참 재미가 있는 마을이다 하고 느끼며 골목들이 걸어들어오는 나에게 무언가를 이야기하는 것 같았다. 10여 년을 지났지만 그 기억을 더듬어 이 소설을 쓰게 되었다. 이 소설의 근거로 하여 속편이 이어지길 기대하며 구상 중에 있다.

※ 이 소설을 쓰면서 전적으로 가상이지만 조금의 역사적인 내용을 곁들어 독자들의 역사문제의 폭을 넓히려 하였다.

※ 이 소설 내용으로 인하여 조금이나마 한일 관계와 양국 국민들이 미래의 번영을 위하여 후손들에게 부끄럽지 않은 어른으로서 어른이 되는 마지막 존재의 가치를 상기하였으면 하는 희망이다.

※ 이 소설 "영혼의 바람" 이 나오기까지 수고로움 하여주시고 많은 도움을 주신 재현 인연에 감사함을 전하며...

불기2567년(2023년) 10월에 천마산 금당에서

– 저자 퇴수退受 보우普友 –
(시인. 적멸보궁 관음정사 주지)